인어의 비탄

마술사

인어의 비탄

마술사

다니자키 준이치로
박성민 옮김

시와서

차 례

*일러두기

본서는 1919년 슌요도(春陽堂) 출판사에서 출간된《인어의 비탄·마술사》를 저본으로 했습니다.

인어의 비탄

옛날 먼 옛날, 아직 애신각라(愛新覺羅) 씨*의 왕조가 유월의 모란처럼 빛나게 번영하던 시절, 중국의 대도시 남경(南京)에 맹세도(孟世燾)라고 하는 젊디젊은 귀공자가 살고 있었습니다. 이 귀공자의 아버지 되는 사람은 한때 베이징의 조정에 출사하여 건륭제의 두터운 총애를 받았지만, 남들이 부러워할 만한 공적을 남기는 대신, 남들의 배척을 당할 법한 거대한 부를 쌓아 두고 외아들 세도가 어릴 때 세상을 떠나고 말

* 청나라 태조 누루하치가 태어난 만주족 가문의 이름. 청나라 황실의 성이다.

았습니다. 그리고 얼마 후 귀공자의 어머니 되는 사람마저 아버지의 뒤를 따르는 바람에, 홀로 남겨진 고아 세도는 자연히 산더미 같은 금은보화를 혼자서 독차지하는 몸이 된 것입니다.

나이는 젊고, 돈은 많고, 게다가 유서 깊은 가문의 명예까지 물려받은 그는 이미 그것만으로도 충분히 행복한 인간이었습니다. 그런데 행복은 거기서 그치지 않아, 이 귀공자는 얼굴과 심성에까지 세상에 보기 드문 미모와 지혜의 은혜를 받은 것입니다. 그가 가진 막대한 재산, 수려한 외모, 명민한 두뇌, 그 장점들 중 한 가지만 들어 비교한다 해도 남경의 청년들 중 그의 행복에 필적할 만한 사람은 아무도 없었습니다. 그를 상대로 호화로운 유흥을 겨루고, 교방(敎坊)*의 아름다운 기녀를 두고 다투고, 시문(詩文)의 우열을 가리려는 자는 너나없이 참패를 당하고 말았습니다. 그리하여 남경 안, 봄 안개가 드리워진 성 안 모든 여인들의 소원은 비록 한 달이나 보름이 될지언정 그 아름다운 귀공자를 자신의 연인으로 삼는 것이었습니다.

세도는 그런 환경에 빠져 지내다가, 이윽고 쌍상투를 풀게 되었을 무렵부터 유곽에서 술을 마시기 시작하더니 그 시절

* 궁정의 기녀와 무희들이 가무를 연습하던 곳.

에 하던 말로 '절옥투향(竊玉偸香)'*의 맛을 알게 되었고, 스물두세 살이 되었을 때는 무릇 세상의 온갖 방탕이라는 방탕, 사치라는 사치의 극에 다다르고야 말았습니다. 그래서인지 요즘은 왠지 머릿속이 멍하고 어디를 가도 재미가 없어 온종일 저택에 틀어박힌 채 꾸벅꾸벅 졸며 무료한 나날을 보내고 있습니다.

"이봐, 좀 어떤가? 요즘 통 기운이 없어 보이는데 잠깐 마을에 놀러라도 가 보는 게 좋지 않겠나? 자넨 아직 도락에 질릴 나이도 아닌 것 같은데."

못된 친구들 중 몇몇이 이런 말을 하며 꼬드기려고 찾아오면, 귀공자는 언제나 나른한 눈빛을 하고 거만한 비웃음을 지으며 대답합니다.

"흠…… 나도 아직 도락에 질린 건 아니야. 하지만 놀러 나가 본들 재미있는 게 뭐가 있겠나. 난 이 마을의 흔해 빠진 여자나 술맛에는 이제 신물이 난다네. 진정으로 유쾌한 것이 있기만 하다면야 언제라도 함께 나가겠지만……."

귀공자의 눈에는, 일 년 내내 별반 다를 것도 없는 유곽 여자에게 빠져 천편일률적인 방탕을 일삼고 있는 못된 친구들의 생활이 오히려 딱하게 보이기까지 했습니다. 만약 여자에

* 남자와 여자가 몰래 정을 통하는 것.

빠진다면 평범함을 넘어서는 여자였으면 좋겠다, 만약 방탕을 즐긴다면 언제나 새로운 방탕이었으면 좋겠다, 귀공자의 마음속에는 그런 욕망이 불타오르고 있지만, 그 욕망을 만족시키기에 적당한 목표가 눈에 띄지 않아 어쩔 수 없이 무료한 시간을 보내고 있는 것이었습니다.

하지만 세도의 재산이 아무리 무궁무진하다 해도 그의 수명에는 애초에 한계가 있기에 언제까지고 그렇게 아름다운 '젊음'을 유지할 수는 없습니다. 귀공자도 이따금 그런 생각이 들면, 불현듯 환락을 탐하는 마음이 생기면서 이렇게 어영부영하고 있어서는 안 될 것 같은 기분에 휩싸일 때가 있습니다. 어떻게든 지금 자신이 가진 '젊음'이 사그라들기 전에, 다시 한 번 느슨해진 생활을 바짝 죄어서, 싸늘히 식어 가는 가슴속에 열탕과도 같은 감정을 끓어오르게 하고 싶다, 밤이면 밤마다 주연에, 또 낮이면 낮마다 연회에 빠져 있으면서도 질리는 줄 모르던 이삼 년 전의 흥분에 찬 마음으로 어떻게든 다시 한 번 되돌아가고 싶다, 그렇게 안달을 부려보기는 하지만, 딱히 오늘이라고 해서 그를 펄쩍 뛰게 할 만큼 톡 쏘는 자극도 없거니와 참신한 방법도 없습니다. 환락의 절정에 달하여 온갖 미치광이 같은 경험을 겪어 본 그에게 이제는 더 이상의 색다른 놀이가 이 세상에 존재할 리가 없었습니다.

그래서 귀공자는 할 수 없이 자신의 집 술 창고에 있는 진귀한 술을 모조리 식탁에 내오게 하고, 또 사방 각지에서 모여든 성 안 교방의 미녀들 중 특별히 재색이 뛰어난 여자를 일곱 명만 뽑아 오게 하여, 그들을 자신의 첩으로 두고 각자 일곱 개의 규방에서 지내게 했습니다. 술은 우선 달콤하면서도 독한 산서(山西)의 로안주(潞安酒)와 은은하고 부드러운 상주(常州)의 혜천주(慧泉酒)로 시작해, 그 밖에 소주(蘇州)의 복진주(福珍酒), 호주(湖州)의 오정심주(烏程潯酒) 그리고 북방의 포도주, 마유주(馬乳酒), 배주, 대추주를 비롯해 남방의 코코넛주, 나무즙주, 벌꿀주에 이르기까지, 사백여 주(州)의 맑고 향기로운 명주가 식탁 위에 아침저녁으로 번갈아 가며 술잔에 채워져 귀공자의 입술을 적셨습니다. 그렇지만 이런 술도 예전에 몇 번이고 마셔서 익숙해진 귀공자의 혀에는 그다지 새롭거나 기묘하게 느껴질 리가 없습니다. 마시면 취하고, 취하면 유쾌해지기는 했지만, 뭔지 모를 헛헛한 마음이 들고 예전처럼 날아갈 듯한 감흥이 가슴속에 조금도 일지 않는 것입니다.

"왜 나리는 매일 저렇게 울적하고 따분한 얼굴만 하고 있는 걸까?"

일곱 명의 첩들은 이렇게 의아해하면서도 온갖 비술을 다 동원해 귀공자의 기분을 풀어 주려고 합니다. 홍홍이라고 하는 첫 번째 첩은 목소리가 자랑거리여서 틈만 나면 아끼는 호

금을 뜯으며 옥구슬 같은 목청을 나긋나긋 돋우고, 앵앵이라는 두 번째 첩은 시를 잘 지어 기회가 날 때마다 적절히 재미있는 이야기를 꺼내, 작은 새처럼 붉은 혀와 달콤한 부리로 재잘재잘 지저귑니다. 하얀 피부를 뽐내는 세 번째 첩 요낭은 툭하면 술기운을 빌려, 기품 있는 팔의 매끄러운 살결을 자랑하고, 애교를 자랑하는 네 번째 첩 금운은 언제나 통통한 뺨에 보조개를 새긴 채 생글생글 미소를 지으며 석류처럼 가지런한 앞니를 보이고, 다섯 번째, 여섯 번째, 일곱 번째 첩들도 저마다 자신의 장기에 의지해 쉴 새 없이 귀공자의 총애를 겨루는 것입니다. 하지만 귀공자는 이들 어느 여인에게도 그다지 강하게 집착하는 기색이 없습니다. 세상 사람들의 평범한 눈으로 보면 그녀들은 절세미인이 틀림없지만, 오만한 귀공자가 그 상대이다 보니 역시 술맛과 마찬가지로 애써 부리는 교태가 새삼 진귀하거나 아름답게 보이지 않는 것입니다. 이렇게 끝도 없이 향기로운 자극을 구하고, 영겁의 환희, 영겁의 황홀로 심신을 즐겁게 하려는 귀공자의 바람은 어지간한 술과 여자의 힘으로는 좀처럼 이루어질 리가 없었습니다.

"돈은 얼마든지 낼 테니까 더 색다른 술은 없느냐? 더 아름다운 여자는 없느냐?"

귀공자의 저택을 드나드는 상인들은 언제나 이런 주문을 받지만, 지금까지 그에게 칭찬을 들을 정도의 훌륭한 물건을

가져온 사람은 아무도 없었습니다. 게다가 개중에는 취향이 독특하다는 귀공자의 소문을 듣고, 돈 욕심에 멀리 여러 곳에서 정체도 알 수 없는 가짜 물건을 팔러 오는 간사한 상인도 있었습니다.

"나리, 이건 제가 서안(西安)의 노포 창고에서 발견한 것인데 천 년도 더 된 술입니다. 아무튼 당나라 장황후(張皇后)가 즐겨 마셨다던 그 유명한 현뇌주라고 합니다. 또 이것은 당나라 순종 황제가 드셨다는 용고주라고 하더군요. 거짓말 같으면 술항아리의 고풍스러운 운치를 잘 보십시오. 천 년 전의 봉인이 보시다시피 근사하게 남아 있지 않습니까?"

이런 식으로 말을 꺼내면, 짓궂은 귀공자는 잠자코 끝까지 듣고 나서는 천천히 이렇게 비꼬며 말을 합니다.

"호오, 자네의 능변에는 감탄했지만 날 속일 심산이라면 공부를 좀 더 하는 게 좋겠군. 그 술항아리는 강남의 남정요(南定窯)라는 것으로 남송 이전에는 있지도 않은 물건이네. 당나라의 명주가 송나라의 도기 안에 봉해져 있다니 참으로 우습군."

이런 말을 들으면, 상인은 한마디 말도 못 하고 식은땀을 흘리며 물러가고 맙니다. 실제로 도기뿐만 아니라, 의복, 보석, 그림, 도검에 이르기까지 온갖 미술 공예에 관한 귀공자의 감식은 징그러울 정도로 해박해, 온 중국의 고고학자와 골동품상이 다 모여도 그의 발끝에도 미치지 못할 것이 분명했습니다.

여자를 팔려고 찾아오는 무리도 성가시도록 많아서 너도나도 제멋대로 자화자찬을 늘어놓습니다.

"나리, 이번에야말로 멋진 옥구슬을 찾아냈습니다. 항주 출신 상인의 딸로 이름은 화려춘이라 하고 열여섯 살이 됩니다. 용모야 말할 것도 없고, 기예가 출중하고 시에도 능하여, 이만큼 뛰어난 아이는 사백여 주 안에 둘도 없을 것입니다. 뭐, 속는 셈 치고 당사자를 한번 보시는 게 어떻겠습니까?"

이런 소리를 들으면 매번 그들의 말에 넘어가면서도 귀공자는 또 그만 마음이 동하여 일단 그 아이를 보지 않으면 직성이 풀리지 않습니다.

"그럼 한번 보고 싶으니 어서 데려와 보게" 하고 어찌 됐든 대개의 경우는 이렇게 대답하는 것입니다.

하지만 상인의 손에 끌려 귀공자의 저택에 알현하러 오는 미녀들은 어지간히 뻔뻔스러운 성격이 아닌 한, 대개는 큰 창피를 당하고 울며불며 도망치는 일이 다반사였습니다. 그도 그럴 것이 그 상인과 미녀는 처음에 먼저 호사의 극치를 보여주는 저택 내 객실로 불려 가 한참을 기다리다가, 이번에는 또 거울 같은 화반석(花斑石)이 깔린 바닥을 밟으며 긴 복도를 굽이굽이 돌고 돌아 마침내 안채의 내방으로 들어갑니다.

그곳에는 이제 곧 성대한 연회가 열리려는 참으로, 어떤 이는 기둥에 기대어 통소를 불고, 어떤 이는 병풍 옆에서 비파를 뜯고, 또 여러 명의 남녀가 비틀비틀 뒤엉킨 채 저마다 손에 술잔을 들어 올리고는 운라(雲鑼)를 두드리고 월고(月鼓)를 울리며, 방가(放歌)와 난무(亂舞)의 극치를 이루고 있는 것입니다. 그것만으로도 이미 얼마쯤 넋이 나가기 마련인데도, 집주인은 한술 더 떠, 한 단 높은 침상의 휘장 뒤에서 수를 놓은 비단 융단 위에 모로 누운 채 무척이나 나른하다는 듯 하품을 하고, 눈앞의 소란에도 아랑곳없이 꾸벅꾸벅 졸면서 은담뱃대로 아편을 빨고 있습니다.

"과연, 사백여 주 안에 둘도 없는 미인이라는 게 이 아이인가……."

귀공자는 천천히 몸을 일으키며 졸린 듯한 눈으로 힐끗 두 사람을 쳐다봅니다. 그러고는 금세 코웃음을 치면서,

"…… 그런데 사백여 주라는 곳에는 내가 사는 집보다 더 여자가 없는 모양이군. 자네도 사람 장사를 할 생각이라면 후학을 위해서라도 내 첩들을 좀 봐 두게."

그러자 그런 주인의 목소리에 맞춰 일곱 명의 총희들이 마치 잘 길들여진 비둘기처럼 수렴 사이에서 줄줄이 모습을 드러내는 것입니다. 저마다 비단옷을 두르고 비녀를 꽂은 총희들 뒤에는, 양 갈래로 머리를 틀어 올린 미소녀이 좌우에 두

명씩 따르면서, 손잡이가 긴 붉은 비단 부채로 그녀들의 다홍색 눈꺼풀에 산들바람의 잔물결을 쉴 새 없이 흘려보내고 있습니다. 무희들은 일곱 명의 여왕처럼 눈부신 교태의 웃음을 띠우며 귀공자를 빙 둘러선 채 서로 얼굴을 마주 보며 언제까지고 말이 없습니다. 말이 없으면 없을수록 그들의 미모는 더욱 선명히 빛을 발해, 제아무리 욕심에 눈이 먼 상인이라도 저도 모르게 황홀해지지 않을 수 없습니다. 잠시 얼이 빠져 찬탄으로 가득한 눈을 껌뻑이고 나서야 겨우 정신을 차린 상인은 뒤돌아보며 자신이 팔러 온 것의 가련함과 추함을 깨닫고는, 인사도 하는 둥 마는 둥 기다시피 저택에서 꽁무니를 빼고 달아납니다. 그 뒷모습을 바라보며 귀공자는 허무하다는 표정으로 실망했다는 듯, 또다시 드러누워 버리는 것이었습니다.

★ ★

★ ★

이윽고 그해 여름이 저물고 가을이 깊어져, 시월조(十月朝)*

* 음력 시월 초하루로, 조상에 제사를 올리는 중국의 명절이다.

의 축제도 끝나고 공자 탄신일도 지나가 버렸지만, 그의 머릿속에 둥지를 틀고 있는 권태와 우울은 여전히 걷힐 기미라고는 보이지 않습니다. '싱싱한 젊음'을 믿고 있는 귀공자도 내년이면 드디어 스물다섯이 된다고 생각하니, 탐스러운 귀밑머리의 윤기마저도 점점 시들어 가는 것만 같습니다. 기분이 울적하면 할수록, 마음이 쓸쓸하면 할수록, 향락을 동경하고 흥분을 바라는 가슴속의 답답함은 점점 더해 가기만 해, 맛있지도 않은 술을 마시고, 사랑스럽지도 않은 여자를 희롱하며 열흘이고 스무날이고 기나긴 밤의 연회를 열고 끓어 넘칠 듯한 난장판을 벌이며 이것저것 다 해 보았지만 아무 소용이 없었습니다. 그리하여 결국은 맥(貘)*이라는 짐승처럼 아편을 피우고 꿈을 먹으며, 황당무계한 망상의 구름에 둘러싸여 온종일 멍하니 사지를 늘어뜨리고 있을 수밖에 없었던 것입니다.

귀공자의 찌푸린 눈썹은 끝내 펴지지 않은 채, 새해가 밝았고 화창한 봄을 맞이하는 계절이 되었습니다. 그 무렵 청나라의 치세는 널리 온 중국으로 퍼져, 지혜로운 천자를 얻은 열여덟 개 성(省)의 백성들은 태평성대의 시절에 취하고 세상은

* 중국의 상상 속 동물. 코끼리의 코, 곰의 몸, 소의 꼬리, 코뿔소의 눈, 호랑이의 발을 가지며, 인간의 꿈을 먹고 산다고 한다.

활기에 들떠 있어 정월의 남경 마을들은 근래에 없이 북적거렸습니다. 때는 바야흐로 1월 13일. 이른바 상등(上燈) 날부터 18일 낙등(落燈) 날*까지의 엿새 동안을 등야(燈夜)라 부르며 집집마다 매일 밤 문 앞에 등롱을 밝히는데, 관청이나 부호의 저택 같은 곳은 전각 위로 높이 비단 휘장을 드리우고 색색의 등을 내걸고는 주연을 열어 거문고며 피리 연주를 벌입니다. 또 성안의 중심 대로에는 마치 일본 오사카의 여름 거리를 보고 있는 듯, 거리의 처마 한쪽 끝에서 맞은편 처마 끝까지 무명천을 드리워 막을 만들고, 거기에 홍백색의 갖가지 등롱을 매답니다. 그리고 거리 곳곳에 모여든 젊은이들은 법화교 신자가 법요 때 만등(万燈)**을 어깨에 메고 걷듯, 용 모양, 말 모양, 사자 모양의 등을 흔들면서 동라(銅鑼)를 울리고 금라(金鑼)를 치며 행진합니다. 하지만 이렇게 축제가 한창일 때도 귀공자의 얼굴만은 변함없이 울적해, 상쾌한 기색은 전혀 보이지 않습니다.

등불을 밝힌 첫날 밤으로부터 이삼일이 지난 어느 날 저녁이었습니다. 귀공자는 전망 좋은 남쪽 발코니로 나가 평상에 몸을 누인 채, 여느 때처럼 은 담뱃대로 아편을 피우고 있었

---

* 정월 대보름 전후에 하는 등롱 놀이로, 13일에 등을 밝히고(상등) 18일에 끈다(낙등).

** 수많은 꽃 모양으로 화려하게 장식한 등.

습니다. 마침 그곳에서는 시가지의 북적임이 손에 잡힐 듯이 내려다보였는데, 이제 막 한꺼번에 불빛을 밝힌 수백 수천의 등롱이 은빛의 저녁 안개 속에서 반짝반짝 흘러가며 해 질 녘의 포장길을 비늘처럼 반짝이고 있었습니다. 그리고 어느 대로의 사거리에는 급히 만들어진 무대가 있어, 요란한 분장을 한 배우 두 명이 깃대를 들고 깃발을 휘날리며 연주 소리에 맞춰 다양한 연기를 보여 주고 있었습니다.

오랫동안 바깥 공기와 떨어져 궁전 안에 칩거하고 있던 귀공자의 눈에 문득 이런 광경들이 일종의 이상한 느낌, 말하자면 진기한 외국의 어느 도시에 와 있는 것 같은 기묘한 느낌을 불러일으킨 것이겠지요. 그게 아니라면 아편 연기에 취해 터무니없는 환각이라도 붙잡고 있었던 것일까요. 그는 자기도 모르게 손에 쥐고 있던 담뱃대를 내려놓고, 발코니 난간에 턱을 괸 채 딱히 어디를 보는 것도 아닌 듯 거리의 북적임을 바라보고 있었습니다. 그때 마침, 하나같이 익살스러운 가장행렬로 그곳을 지나가던 삼삼오오의 군중들이 귀공자의 우수를 달래 주기라도 하듯 더 세차게 발장단을 맞추며 환호성을 질러 댔습니다. 그리고 그 뒤를 따라, 온갖 새와 물고기의 형상으로 꾸며 만든 등롱을 치켜든, 다시 말해 행등(行燈)을 든 한 무리가 다가왔습니다.

그때, 귀공자의 시선이 신비로운 한 사람의 모습 위로 떨어지더니, 한참 동안 열심히 그것을 쫓아가고 있는 것 같았습니다.

그 남자는 머리에 벨벳 모자를 쓰고, 몸에는 진홍색의 모직 외투를 걸치고, 발에는 새까만 가죽구두를 신고서 가마를 끌고 있는 당나귀 한 마리를 몰면서 다가오고 있었습니다. 모처럼의 구두와 모자, 외투는 긴 여행에 닳아 버렸는지 군데군데 구멍이 나 있고 색도 바랬습니다. 그 남자 앞에는 행등을 든 수십 명의 사람들이 대여섯 간(間)*쯤 되어 보이는 크고 눈부신 용 모양의 등을 메고 수십 개의 촛불을 밝히며 영차 영차 나아가고 있는데, 그는 그 용등을 든 무리와는 아무 관계도 없다는 듯 이따금 멈춰 서서 무척이나 지친 듯이 한숨을 내쉬며, 요란스레 지나가는 그 모습을 바라보고 있었습니다. 처음에는 가장행렬의 대열에서 뒤처진 사람인가 싶었지만, 점점 귀공자의 저택에 가까이 다가오니, 당나귀나 수레를 끌고 있는 풍채가 아무래도 그렇게 보이지는 않습니다. 게다가 옷차림뿐만 아니라 그는 피부와 머리카락, 눈동자 색까지 보통 사람과는 전혀 다른 모습을 하고 있었습니다.

'…… 저건 아마 서양의 인종이 틀림없을 거야. 어쩌면 남양의 섬나라에서 표류해 온 네덜란드 사람쯤 되겠지.'

---

* 약 10미터.

귀공자는 그렇게 생각했습니다. 물론 그 무렵 남경의 거리에는 이따금 유럽인의 모습이 눈에 띄던 시대이기는 했지만, 이렇게 축제가 한창일 때, 게다가 행렬의 인파에 떠밀리며, 눈에 띄게 멋진 차림을 하고서 지친 발을 끌고 걸인처럼 헤매는 그 거동에는 아무래도 미심쩍은 마음이 들지 않을 수 없습니다. 그런데 더더욱 이상한 것은 발코니 바로 밑에 다다르자, 그가 갑자기 발걸음을 멈추더니 벨벳 모자를 벗고 위층의 귀공자에게 공손히 인사를 하는 것입니다.

가만히 보니, 그 남자는 당나귀가 끄는 수레를 가리키며 귀공자를 향해 뭔가 계속 말을 하고 있습니다.

"이 가마 안에는 남양의 바다 밑에 사는 진귀한 생물이 들어 있습니다. 저는 당신의 소문을 듣고 저 멀리 열대의 바닷가에서 인어를 산 채로 잡아 온 사람입니다."

바깥이 몹시 소란한 탓에 확실히는 알아들을 수 없었지만, 그는 서투른 중국어로 그런 뜻의 말을 하고 있는 것이었습니다.

왠지 귀에 익지 않은 묘한 목소리를 내는 서양인의 입술에서 '인어'라는 말을 들었을 때, 귀공자는 자신의 가슴이 저도 모르게 두근두근하는 느낌이 들었습니다. 그는 물론 태어나서 한 번도 인어라는 것을 본 적이 없습니다. 그런데 지금 생각지도 않게 남양의 나그네 입에서 '인어'라는 중국어가 일종의 독특한 억양으로 발음되어 나오자, 거기에 더한층 신비로운 빛이 깃들어 있는 듯이 여겨진 것입니다.

"여봐라, 여봐라, 누구 밖에 나가서 저기 서 있는 붉은 머리칼의 이방인을 어서 집 안으로 불러오너라."

귀공자는 여느 때와 달리 다급한 말투로 근처에서 시중드는 교동(嬌童)에게 일렀습니다.

잠시 후, 당나귀는 귀공자의 저택 안으로 깊숙이 안내를 받으며 첫 번째 대문을 지나고 두 번째 문인 의문(儀門)을 넘어 후원의 수림천석(樹林泉石)* 사이사이를 누비며, 대낮을 무색하게 할 만큼 홍등의 빛이 흘러넘치는 안채의 돌계단 가까이에 멈춰 섰습니다. 귀공자가 여느 때처럼 일곱 명의 총희를 양옆에 거느리며 복도 끝의 의자에 앉기를 권하자, 이방인은 공손히 바닥에 무릎을 꿇고 거듭거듭 중국식 예법에 따라 머리를 조아리며 절을 하더니 또다시 어설픈 발음으로 더듬더듬 말하기 시작했습니다.

"제가 이 인어를 잡은 것은 광동의 항구에서 수백 해리 떨어진 네덜란드령 산호섬 부근이었습니다. 어느 날 저는 그곳에 진주를 캐러 갔다가 뜻하지 않게 진주보다 더 귀하고 아름다운 인어를 잡은 것입니다. 인간은 진주를 사랑할 수는 없지

* 나무와 연못과 돌.

만, 인어를 보게 되면 어느 누구도 그녀를 사랑하지 않을 수 없습니다. 진주에는 차가운 광택이 있을 뿐입니다. 하지만 인어는 요려(妖麗)한 자태 속에 뜨거운 눈물과 따스한 심장과 신비로운 지혜를 품고 있습니다. 인어의 눈물은 진주의 빛보다 수십 배나 더 맑습니다. 인어의 심장은 산호 구슬보다 수백 배나 더 붉습니다. 인어의 지혜는 인도의 마법사보다 더 신비로운 재주를 갖고 있습니다. 인간이 헤아릴 수 없는 영묘한 힘을 지녔으면서도 어쩌다가 배덕한 악성을 가진 탓에, 인간보다 비천한 어류로 전락해 버린 것입니다. 그래서 푸르디푸른 바다 밑을 헤엄치면서도 땅 위의 낙토를 한없이 동경하고 인간 세계를 그리워하며, 쉴 새 없이 몸부림치고 슬퍼하는 것입니다. 그 증거라고 한다면, 누구라도 저 아름다운 인어의 얼굴에서 우울한 슬픔의 그림자를 알아차릴 수 있는 것이겠지요……."

이렇게 말했을 때, 이방인은 자유를 빼앗긴 인어의 처지가 가엽다는 듯, 자신도 왠지 서글픈 표정을 지었습니다.

귀공자는 인어를 보기도 전에 이미 이방인의 용모에 마음이 움직인 듯했습니다. 지금까지 서양인이라는 것은 미개한 종족이라고 믿었는데, 이 걸인 같은 만이(蠻夷)의 얼굴을 찬찬히 바라보면 볼수록 거기에는 기품 있는 위력이 숨어 있어 왠지 자신을 압도하는 듯한 느낌이 들었던 것입니다. 그 이방인이 가진 초록의 눈동자는 마치 열대의 짙은 감색 바다처럼 그의 영혼을 바닥 모를 깊은 곳으로 끌고 들어갔습니다. 또한 이방인의 수려한 눈썹과 넓은 이마와 순백의 피부색은, 미모에 자부심을 가진 귀공자보다도 훨씬 더 우아하고 단정하며, 게다가 어둡고 밝은 정서의 복잡한 표현으로 가득했습니다.

"대체 그대는 누구에게서 내 소문을 듣고 멀리 이곳 남경까지 찾아온 것인가?"

이방인이 들려주는 인어 이야기를 한참 황홀하게 듣고 나서, 귀공자는 이렇게 물었습니다.

"제가 바로 얼마 전 마카오의 거리를 헤매고 있었는데, 무역상을 하는 어느 지인에게서 처음으로 당신의 이야기를 들었습니다. 만약 그 전에 알았더라면 어쩌면 당신은 조금 더 일찍 저의 인어를 보실 수 있었겠지요. 저는 이 진귀한 것을 가지고 거의 반년 동안 아시아 각국의 항구라는 항구는 다 돌아다녔습니다만, 어떤 상인도 어떤 귀족도 이것을 사려고 하지 않았습니다. 어떤 이는 값이 터무니없이 비싸다며 꽁무니를 뺍니다. 왜냐하면, 인어의 대가는 아라비아의 금강석 일흔 개, 교지(交趾)*의 홍보석 여든 개, 그리고 안남(安南)**의

* 중국 한나라 때 베트남 북부 지방을 부르던 이름.

** 베트남.

공작 아흔 마리와 태국의 상아 백 개가 아니면 바꿀 수 없기 때문입니다. 또 어떤 이는 인어의 사랑이 무서워 두려움에 떨며 도망쳐 버립니다. 왜냐하면 예로부터 인어의 사랑에 걸려든 인간은 어느 누구도 목숨을 부지하지 못했는데, 그 괴이한 매력의 덫에 빠지면 몸도 영혼도 어느샌가 빨려 들어가 어디로 사라졌는지도 모르게 유령처럼 이 세상에서 자취를 감추어 버립니다. 그래서 돈이나 목숨이 아까운 사람은 그리 쉽게 제 인어를 손에 넣을 수가 없는 것입니다. 저는 모처럼 세상에 보기 드문 진귀한 것을 손에 넣었지만, 아무도 상대해 주지 않아 오랫동안 덧없는 시간을 보내며 헛된 여행을 계속했습니다. 만약 마카오의 상인에게서 당신의 소문을 듣지 않았다면, 제 소중한 인어는 하마터면 아무짝에도 쓸모없게 되어 버릴 뻔했습니다. 그 상인의 말에 따르면, 저의 인어를 사 줄 수 있는 사람은 남경의 귀공자 말고는 없다, 지금 그 사람은 환락을 위해서라면 크나큰 부와 젊은 목숨까지도 내주고 싶어 하지만, 기꺼이 내줄 만한 환락이 없어 원통해하고 있다, 그는 이제 지상의 온갖 아름다운 맛과 색에는 진저리가 난 나머지, 현실에서 벗어난 기이하고 괴이한 환상의 아름다움을 구하고 있다, 그 사람이야말로 반드시 인어를 사 줄 것이다, 하고 그가 저에게 알려 준 것입니다."

이방인은 상대방이 자신의 인어를 살지 말지에 대해서는

조금의 의구심도 없는 것 같았습니다. 그는 마치 귀공자의 마음속을 꿰뚫어 보고 있는 듯이 확신에 찬 말로 이야기한 것입니다. 게다가 그런 그의 태도는 상대방에게 어떠한 반감도 주지 않았을 뿐 아니라, 오히려 멈추기 힘든 동경의 마음마저 일게 했습니다. 귀공자는 그의 설명을 듣는 동안, 이 사람에게서 반드시 인어를 사야 한다는 명령을 받고 있는 듯한 기분이 들었습니다. 자신이 이 사람에게서 인어를 산다는 것이 마치 예정된 운명인 것처럼 여겨진 것입니다.

"그 상인이 한 말은 진실이오. 나는 그대가 그 마카오 사람에게서 들은 그대로의 인간이오. 그대가 나를 찾았던 것처럼, 나도 그대를 찾고 있었소. 그대가 나를 믿듯이, 나도 그대를 믿겠소. 그대가 팔려는 것을 미리 볼 것도 없이 나는 조금 전 그대가 말한 그만큼의 대가로 지금 당장 인어를 살 것이오."

귀공자의 이 말은 자신도 분명히 의식하지 못하는 사이에 가슴 밑바닥에서 솟구쳐 올라와 저절로 그의 입 밖으로 튀어나온 것이었습니다. 그러고 나서 눈 깜짝할 사이에 약속대로 금강석과 홍보석과 공작과 상아가 다섯 곳간 안의 궤짝들에서 실려 오거나, 또는 원유(苑囿)*의 우리에서 정원 앞으로

* 옛날 중국에서 넓은 들판에 울타리를 치고 동물들을 풀어놓고 키우던 자연 정원.

끌려와, 돌계단 아래에 산더미처럼 모였습니다. 이방인은 새삼 귀공자의 막대한 부에 놀라는 듯한 기색도 없이 조용히 그 보물의 수를 헤아리고 나더니, 수레 위에 놓인 가마의 포렴을 걷어 올리며, 그 안에 사로잡힌 채 쓸쓸히 갇혀 있는 인어를 내보였습니다.

그녀는 유리로 만든 아름다운 물항아리 안에 갇혀, 비늘이 돋아 있는 하반신을 뱀처럼 구불구불 유리벽에 찰싹 갖다 댄 채, 느닷없이 환한 인간 세상에 모습이 드러나게 된 것이 부끄러운 듯, 고개를 젖가슴 위까지 숙이고 팔을 허리 언저리에 감은 채, 너무도 애처롭게 앉아 있었습니다. 키가 인간과 비슷한 정도인 그녀의 몸이 함빡 잠겨 있는 항아리는 높이가 네다섯 자쯤 될까요. 그 안에는 영롱한 바닷물이 찰랑찰랑 채워져 있어, 인어가 숨을 할딱일 때마다 무수한 거품이 그녀의 입에서 수정 구슬처럼 보글보글 자잘하게 일어나 수면 위로 올라갑니다. 노비 네다섯 명이 그 물항아리를 들고 계단 위 내방의 바닥에 내려놓자, 방 안을 비추는 수십 개의 촛불빛이 그녀의 드러난 육체에 순식간에 모여들어, 맑고 매끄러운 인어의 살결이 마치 불꽃이 타오르듯 더한층 눈부시게 선명히 빛났습니다.

“나는 지금까지 내심 나 자신의 넓은 학식과 견문을 자랑으로 여겨왔네. 일찍이 지상 위에 존재했던 것이라면, 아무리

희귀한 생물이든, 아무리 진귀한 보석이든, 내가 모르는 것은 없었네. 하지만 나는 이토록 아름다운 것이 물속에 살아 있으리라고는 꿈에도 상상한 적이 없네. 내가 아편에 취해 있을 때, 눈앞에 되풀이되는 환각의 세계에서조차 이토록 그윽하고 아름다운 인어를 뛰어넘는 요괴는 살고 있지 않았네. 아마 나는 인어의 값이 방금 지불한 대가의 갑절이라도 그대에게서 이것을 샀을 것이네……."

귀공자는 이런 말만으로는 아직도 자신의 가슴속에 흘러넘치는 무한한 찬탄과 놀라움을 충분히 표현할 수 없었습니다. 왜냐하면 그는 지금 자신의 앞에 실려 온, 차갑게 아름다운, 물속의 슬픈 요마를 보는 순간, 온몸의 신경이 얼어붙듯이 강렬하고 격렬한 형언하기 어려운 영혼의 두려운 떨림을 느꼈기 때문입니다. 그러고 나서 마치 숨이 멎은 듯 온몸을 꼿꼿이 긴장한 채 하염없이 멈춰 서서 찬란한 물항아리의 빛을 응시하고 있는데, 믿을 수 없게도 그의 눈동자에서 감격의 눈물이 가만히 스며 나오기 시작했습니다. 그는 오랜만에 그토록 오랫동안 바랐던 흥분에 사로잡힌 것입니다. 넋을 잃을 정도의 환희로 되살아날 수 있었던 것입니다. 그는 이제 더 이상 어제까지의 허무하고도 지루한 나날을 탄식하는 사람이 아니었습니다. 그는 또다시 풍요로운 자극의 채찍을 받으며 삶의 발걸음을 내디딜 수 있는 마음으로 돌아간 것이었습

니다.

"…… 나는 지상의 인간으로 태어난 것이 이 세상의 가장 행복한 운명이라고 생각했네. 하지만 대양의 물속에, 이토록 미묘한 생물이 사는 신비로운 세계가 있다면, 나는 오히려 인간이 아닌 인어의 종족으로 타락하고 싶네. 너무도 아름다운 저 비늘 옷을 허리에 두르고 이런 바다의 미녀와 영겁의 사랑을 즐기고 싶구나. —— 이 미녀의 서늘한 눈동자며, 짙은 흑발이며, 눈처럼 흰 살갗에 비하면, 양옆에 거느린 일곱 명의 내 첩들은 어찌 이리도 추하고 비루한 자태일까. 어찌 이리도 평범하고 고리타분한 모습일까."

그 말을 듣더니 인어는 무슨 생각을 했는지, 꼬리지느러미를 하늘하늘 흔들며, 숙이고 있던 얼굴을 들어 귀공자의 모습을 찬찬히 쳐다보았습니다.

박학한 귀공자의 감식안은 서화와 골동, 공예뿐만 아니라 중국에 오래전부터 전해지고 있는 관상술에도 정통했는데, 그제야 겨우 인어의 용모를 바라보며 그 골상(骨相)을 살펴보다가 자신이 배우고 익힌 학문의 범위로는 도저히 판단할 수 없을 것 같은 보기 드문 특징을 발견했습니다. 그녀는 과연 그림으로 그려진 인어처럼, 물고기의 하반신과 인간의 상반신을 갖고 있음에는 틀림이 없습니다. 하지만 그 상반신인 인간의 부분 —— 골격이며 살집이며 얼굴 생김새, 그런 하나하나의 부분을 주의 깊게 살펴보니, 평소 자신의 눈에 익은 땅 위의 인간의 몸과는 전혀 다른 모습을 하고 있는 것입니다. 그가 익힌 관상술의 지식은 응용할 여지가 없을 만큼 그녀의 윤곽은 보통의 여자와는 다른 분위기를 띠고 있는 것입니다. 예를 들면 그녀의 아리땁고 요염하기 그지없는 눈동자의 색과 모양은 그가 알고 있는 그 어떤 종류의 인상학(人相學)에도 들어맞지 않습니다. 그 눈동자는 유리그릇 안의 차갑고 맑은 물을 꿰뚫으며 마치 인(燐)처럼 크고 푸르게 빛나고 있습니다. 어쩌면 눈알 전체가, 물속에서 물이 응고한 결정체가 아닐까 하는 의심이 들 만큼 연푸른빛으로 맑았고, 그 밑바닥에는, 달콤하고 서늘한 물기를 품은 채 영혼의 깊은 곳에서 끊임없이 '영원'을 지켜보고 있는 것 같은 숭엄한 빛이 가라앉아 있습니다. 거기에는 그 어떤 인간의 눈동자보다 더 그윽하게 번져 가는 훈영(暈影)*이 감돌고, 화사하고 애절한 빛이 반짝이고 있습니다. 또한 눈썹과 코의 모양은 더 기품 있고 더 비범한 '미'를 이루고 있는 듯이 느껴졌습니다. 그 눈썹과 코는 중국의 인상학에서 귀하게 여겨지는 신월미(新月眉)**나

* 강한 빛을 받은 부분의 주변이 어렴풋이 번지는 것.

** 초승달 눈썹.

유엽미(柳葉眉)*, 또는 복서비(伏犀鼻)**나 호양비(胡羊鼻)*** 같은 것과는 어딘지 모르게 다른 모양입니다. 하지만 거기에는 관습적인 '미'를 넘어선, 인간보다 신에 가까운 아름다움이 있는 것입니다. 인습적인 '조화로움'을 뛰어넘는, 생멸자(生滅者)와 대비되는 불멸의 조화로움이 있는 것입니다.

그녀가 긴 목덜미를 나른하게 움직일 때, 암녹색의 머리칼은 해초처럼 몸부림치듯 떨며, 부드러운 물결 밑을 하늘하늘 떠돌아다니거나 어지러운 운무처럼 그녀의 이마에 내려앉는가 하면, 현란한 공작의 꼬리처럼 위로 뻗으며 펼쳐지기도 합니다. 그녀가 가진 '조화로움'은 비단 그녀의 용모뿐만이 아니라, 인간의 모습을 한 육체의 모든 부분에서 알 수 있는 것이었습니다. 목에서 어깨, 어깨에서 가슴으로 이어지는 곡선의 우아한 기복과 모범적인 균형을 갖춘 두 팔의 나긋나긋함, 그리고 거기에 더해 풍윤하면서도 알맞게 탱탱한 근육이 펴졌다 당겨졌다 휘어졌다 할 때마다의 물고기의 민첩함, 야수의 건강함, 여신의 교태가 더없이 기괴한 조화를 이루며, 오색의 무지개가 뒤섞인 듯한 환상을 불러일으킵니다. 그중에서도 무엇보다 귀공자의 눈을 놀라게 하고 귀공자의 마음을 녹인

---

* 버들잎 눈썹.

** 콧대가 이마 중앙까지 뻗은 코로 재물운이 있다고 한다.

*** 양의 코를 닮아서 붙은 이름으로 부귀를 누린다고 한다.

것은 한 점의 탁함도 없는 티 없이 깨끗한 그야말로 순백의 피부색이었습니다. 그저 '하얗다'라는 형용사로는 도저히 설명하기 어려울 정도로 새하얀 살갗의 광택이었습니다. 그것은 너무나도 흰 나머지 희다기보다는 '환히 빛난다'라고 하는 편이 어울릴 만큼, 온몸의 피부 표면이 눈동자처럼 반짝이고 있는 것입니다. 무언가, 그녀의 뼛속에 발광체가 감추어져 있어, 교교한 달빛 같은 것을 살갗 뒤에서 뿜어내고 있는 것이 아닌가 하는 의심이 들 정도로 하얗습니다. 게다가 가까이서 찬찬히 보면, 그 영묘한 피부 위에는 희미하게 빛나는 수많은 하얀 털이 뒤엉켜 자라면서 소용돌이를 그리고 있고, 그 끝에는 마치 물고기의 알 같은, 눈에 보이지도 않을 정도의 작은 물거품이, 그 하나하나에 은빛 구슬을 매달고 보석을 박아 넣은 얇은 비단처럼 온몸을 휘감고 있습니다.

"귀공자여, 당신은 제 예상보다 더 인어의 가치를 인정해 주셨습니다. 당신 덕분에 저는 충분한 보수를 얻어 하루아침에 거대한 부를 손에 넣게 되었습니다. 저는 인어를 판 대가로 얻은 이 동양의 보물들을 수레에 싣고 또다시 광동의 항구로 돌아갈 생각입니다. 그리고 거기서 기선을 타고 멀리 서양의 고향으로 돌아갈 것입니다. 제가 사는 나라에는 마치 당신이 인어를 귀중히 여기듯이 이런 보물들을 귀중히 여기는 사람이 많습니다. 제 마지막 소원으로 부디 인어에게 이별의 입맞춤을 하게 해 주십시오."

그렇게 말하며 이방인이 물항아리 곁으로 다가가자, 물속에서 인어가 수은이 춤을 추듯 상반신을 스르르 물 밖으로 드러내더니 두 손으로 이방인의 목덜미를 껴안고 뺨을 갖다 댄 채 한동안 가만히 눈물을 흘리는 것입니다. 그 눈물은 속눈썹 끝에서 턱을 타고 방울방울 흘러내리며 사향과 같은 그윽한 향기를 온 방 안에 흩뿌렸습니다.

"그대는 인어가 아깝지 않은가. 그만한 값으로 내게 판 것을 지금 후회하고 있지는 않은가. 그대의 나라 사람들은 어찌하여 인어보다 보석을 더 귀중히 여기는 것인가. 그대는 어째서 이 인어를 데리고 돌아가지 않는 것인가."

귀공자는 욕심 탓에 아름다운 것을 희생하고 뒤돌아보지 않는 천한 장사꾼 근성을 비웃는 듯한 투로 말했습니다.

"당신이 그렇게 말씀하시는 것도 지당합니다. 하지만 서양에서는 인어가 그다지 진귀한 것이 아닙니다. 저희 나라는 북유럽의 네덜란드라고 하는 곳입니다만, 제가 태어난 마을 옆을 흐르는 라인강의 상류에는 오래전부터 인어가 살고 있다는 이야기를 어릴 적에 들은 적이 있습니다. 그녀는 때때로 인간의 하반신을 가지거나 또는 새처럼 두 발을 달고, 지중해의 바다 밑이나 대륙의 산과 숲, 연못에 모습을 드러내어 인간을 유혹할 때가 있습니다. 저희 나라의 시인이나 화가는 끊

임없이 그녀의 신비로움을 노래하고 그 자태를 그리면서, 인어의 요염한 미소가 얼마나 농염한지, 인어의 매력이 얼마나 무서운지를 우리에게 가르쳐 줍니다. 그렇기 때문에 유럽에서는 인어가 아닌 인간까지도 그녀의 요염함을 본받아 많은 여자들이 인어처럼 하얀 살결과 푸른 눈동자와 균형 잡힌 몸매를 얼마쯤은 갖추고 있습니다. 만약 이 말이 의심스러우시다면, 제 얼굴과 피부색을 한번 보십시오. 보잘것없는 저 같은 남자도, 서양에서 태어난 사람이라면 반드시 어딘가에 이 인어와 공통된 우아함과 품위를 가지고 있을 것입니다."

귀공자는 이방인의 말을 부정할 수 없었습니다. 그의 말처럼 그의 용모가 인어와 비슷한 특질을 가졌다는 것을 귀공자는 벌써부터 알아차렸던 것입니다. 찬탄의 정도는 다르지만, 그는 인어에게 매료된 것처럼 이 이방인의 인상에도 적잖이 감흥을 받은 것입니다. 그가 인어만큼의 조화로움과 가냘픈 아름다움을 갖고 있지는 않다 해도, 어쩌면 그것에 다다를 수 있는 가능성은 품고 있는 것입니다. 그는 중국 땅에 살고 있는, 황색의 피부와 밋밋한 얼굴을 가진 인간과 비교하면 오히려 인어와 가까운 종의 생물처럼 보였습니다.

작은 기선으로 온 세상의 대양을 돌아다니는 서양인이야 그렇지 않겠지만, 그 무렵까지도 지표면을 '시간'과 마찬가지로 무한하다고 믿었던 동양의 인간에게는 천 리, 이천 리 떨어진 땅으로 떠나는 것은 백 년, 이 백 년의 시간을 사는 것과 다름없이 어려운 일이라고 여겨졌습니다. 하물며 아시아의 대국에서 자란 귀공자는 대단히 호기심이 강한 성격을 가졌으면서도, 아득히 먼 서쪽 하늘에 있는 유럽이라는 곳을 도깨비 같은 것들이 사는 야만의 세상인 것처럼 상상해, 지금까지 해외로 나가 보려고 생각한 적이 없었습니다. 그런데 지금, 태어나서 처음으로 서양인의 외모를 진지하게 접하고 그의 고향 모습을 듣고서 어찌 그대로 가만히 있을 수 있을까요.

"나는 서양이라는 곳이 그토록 귀하고 아름다운 땅인 줄은 몰랐네. 그대가 사는 나라의 남자들이 전부 다 그대처럼 고상한 윤곽을 가지고, 그대의 나라 여자들이 전부 다 인어처럼 백옥 같은 피부를 갖고 있다면, 유럽은 얼마나 정갈하고 그리운 천국이겠나. 부디 나를 인어와 함께 그대의 나라로 데려가 주게. 그리고 그곳에 살고 있는 우월한 종족의 동료로 삼아 주게. 나는 이제 중국에는 볼일이 없다네. 남경의 귀공자로 삶을 끝내기보다 그대 나라의 천민이 되어 죽고 싶은 것이네. 부디 내 부탁을 듣고 그대가 타는 배에 태워 함께 데려가 주게."

귀공자는 열의에 찬 나머지 이방인의 발밑에 무릎을 꿇고 외투 자락을 붙잡으며 넋이 나간 듯이 호소했습니다. 그러자 이방인은 왠지 으스스한 미소를 지으며 귀공자의 말을 가로 막고 이렇게 말합니다.

"아닙니다. 저는 오히려 당신이 남경에 머물러 가능한 한 오래오래 이 가련한 인어를 사랑해 주시기를, 당신을 위해서 바랍니다. 유럽의 인간이 아무리 아름다운 살결과 얼굴을 가졌다 해도, 그들이 이 물항아리 안의 인어보다 더 당신을 만족시킬 수는 없을 것입니다. 이 인어에게는 유럽인이 이상으로 삼는 모든 숭고함과 모든 단정한 아름다움이 구체화되어 있는 것입니다. 당신은 여기 이 생물의 요염하고 아리따운 자태에서 유럽인의 시와 그림의 정수를 보실 수 있습니다. 이 인어야말로, 당신의 관능을 즐겁게 하고 당신의 영혼을 취하게 할 수 있는 유럽인의 육체가 가진 '미'의 절정을 보여 주는 것입니다. 당신이 그녀의 본국으로 간다 해도 이보다 더한 아름다움을 얻을 수는 없을 것입니다……."

그러면서 이방인은 무슨 생각을 했는지 미간에 슬픈 표정을 지으며 탄식하는 듯한 어투로 갑자기 말을 바꾸었습니다.

"그리고 부디 당신이 행복하고 오래 살기를 기원합니다. 저는 당신이 이미 그녀를 사랑하고 있다는 것을 알고 있습니다. 인어의 사랑을 즐기는 자는 일찍 화를 당한다는 저희 나라의 전설을 당신이 실제로 깨뜨려 주시기를 바랍니다. 저는 인어의 대가로 당신의 소중한 목숨까지 받을 마음은 없습니다.

만약 제가 또다시 아시아 대륙을 찾을 날이 있을 때 운 좋게 당신을 뵐 수 있다면, 그때는 정말로 당신을 모시고 가겠습니다. …… 하지만 그건, …… 하지만 그건, …… 저는 당신이 가엾어서 견딜 수 없을 것 같은 기분이 드는군요."

그러더니 이방인은 또 정중히 머리를 바닥에 조아리며 절을 하고는, 인어 대신 보물이 산더미처럼 쌓인 수레를 당나귀에게 끌게 하며, 정원 앞 어둠 속으로 자취를 감추어 버렸습니다.

★ ★

★ ★

귀공자의 저택은 인어를 산 뒤부터 부쩍 쓸쓸하고 조용해졌습니다. 일곱 명의 첩은 자신들의 규방에 틀어박힌 채, 주인 앞에 불려 나갈 기회를 잃고, 밤이면 밤마다 위아래 층에서 떠들썩하던 가무 향연의 소리도 그쳐, 궁전에서 일하는 사람들은 다들 한숨만 내쉴 뿐입니다.

"그 이방인은 왠지 불길해. 수상한 사람일 거야. 도대체 무슨 기묘한 마물을 팔고 간 거지? 조만간 뭔가 잘못되는 일이 없으면 좋을 텐데."

그녀들은 얼마 전의 일을 떠올리며 서로 수군거렸습니다. 어느 누구도 물항아리가 놓여 있는 방의 휘장을 걷고 인어 곁으로 다가가지 않았습니다.

인어의 곁으로 다가가는 사람은 오직 주인인 귀공자뿐이었습니다. 유리 한 장을 사이에 둔 채, 물속에서 할딱이는 인어와, 물 밖에서 번뇌하는 인간은 온종일 말없이 마주 보며, 한 사람은 물 밖으로 나갈 수 없는 운명을 한탄하고, 또 한 사람은 물 안으로 들어갈 수 없는 부자유를 원망하며 무미한 시간을 쓸쓸히 보내는 것이었습니다. 이따금 귀공자는 속절없이 유리 주변을 돌면서, 그녀에게 하다못해 몸의 절반만이라도 항아리 밖으로 내보내 달라고 애원합니다. 하지만 인어는 귀공자가 다가오면 올수록 점점 더 단단히 어깨를 옴츠리고, 마치 무언가에 겁을 집어먹은 듯이 밑바닥에 바싹 엎드려 버립니다. 밤이 되면, 그녀의 눈망울에서 떨어지는 눈물이, 과연 이방인의 말대로 진주 빛깔의 환한 빛을 뿌리며, 암흑의 방에서 반딧불처럼 형형히 반짝입니다. 그 창백하고 밝은 물방울이 똑똑 떨어지면서 물속을 떠돌아다닐 때면, 그렇지 않아도 요염하고 아리따운 그녀의 몸은, 하늘의 별에 감싸인 항아(姮娥)*처럼 맑고 기품 있게, 또한 어두운 밤의 도깨비불에

---

* 중국의 고대 전설에 나오는 선녀로 달의 궁전에 산다고 한다.

비친 유령처럼 저주스럽고 사무치게 귀공자의 마음에 다가왔습니다.

그러던 어느 날 밤이었습니다. 귀공자가 너무도 애절한 슬픔에, 따뜻하게 데운 소흥주(紹興酒)를 옥 술잔에 따르고는, 창자가 타들어 갈 듯이 독한 액체가 온몸으로 퍼져 가는 것을 즐기고 있는데, 그때까지 물속에서 해삼처럼 웅크리고 있던 인어가 따뜻한 술 향기가 그리웠던지 갑자기 수면 위로 두둥실 떠오르더니 두 팔을 길게 항아리 밖으로 내미는 것입니다. 귀공자가 시험 삼아 손에 든 술잔을 그녀의 입가로 가져가자, 그녀는 자기도 모르게 넋을 잃고 진홍색의 혀를 내밀며 해면동물 같은 입술을 술잔 끝에 갖다 대더니 단숨에 마셔 버렸습니다. 그러고는 이를테면 비어즐리가 그린 〈The Dancer's Reward〉*라고 하는 그림 속의 살로메처럼 잔혹한 쓴웃음을 짓고는, 연신 침을 꼴깍 삼키며 또 한 잔을 조르는 것입니다.

"네가 그토록 술을 좋아한다면 얼마든지 마시게 해 주마. 차가운 바닷물에 잠긴 너의 혈관에 격렬한 취기가 타오른다면 필시 너는 한결 더 아름다워지겠지. 한결 더 인간다운 친

---

* 무희의 보상. 오스카 와일드의 《살로메》에 실린 오브리 비어즐리의 삽화로, 참수된 세례자 요한을 바라보고 있는 살로메를 그린 그림이다.

근함과 사랑스러움을 보여주겠지. 너를 나에게 팔고 간 네덜란드인이 말한 대로라면, 너는 인간이 헤아릴 수 없는 신통력을 갖고 있을 것이 아니냐. 너에게는 배덕의 악함이 있다고 하지 않았느냐. 나는 너의 신통력을 보고 싶구나. 너의 악함을 느끼고 싶구나. 네가 정말로 신비로운 마력을 지니고 있다면, 적어도 오늘 하룻밤만이라도 인간의 모습으로 변해 다오. 네가 진정으로 거리낌 없는 정욕을 갖고 있다면 제발 그렇게 울지만 말고 나의 사랑에 귀를 기울여 다오."

귀공자가 이렇게 말하며 술잔 대신 자신의 입술을 가져가자, 아득히 깊은 인어의 얼굴이 거울에 입김을 불어 넣은 듯 금세 흐려지더니,

"귀공자여, 부디 저를 용서해 주십시오. 저를 가엾게 여기고 용서해 주십시오."

하며 별안간 인간의 언어를 또박또박 말하기 시작하는 것이었습니다.

"…… 저는 지금 당신이 베풀어 주신 한 잔 술의 힘을 빌려 겨우겨우 인간의 언어를 말하는 신통력을 되찾게 되었습니다. —— 저의 고향은 네덜란드인이 말한 대로 유럽의 지중해에 있습니다. 당신이 앞으로 서양에 가실 일이 있다면, 남유럽의 이탈리아라고 하는, 아름다운 중에서도 더더욱 아름다운, 그림 같은 풍경의 나라를 분명 찾으실 것입니다. 그때 만

약 배를 타고 메시나 해협을 지나 나폴리 항구 앞바다를 지나가게 된다면, 그 부근이야말로 우리 인어 일족이 오래전부터 서식하고 있는 곳입니다. 오래전에는 뱃사람이 그 근해를 항해하다 보면, 더없이 오묘한 인어의 노래가 어디선지도 모르게 들려와 어느샌가 그들을 바다 모를 물속 깊은 곳으로 끌고 갔다고 합니다. —— 저는 그토록 그리운 나의 보금자리를 가졌으면서도, 작년 4월 말 따뜻한 봄날의 바다 물결에 실려 얼떨결에 길을 잃고 남양의 섬나라까지 떠밀려 왔던 것입니다. 그러다가 어느 바닷가 야자나무 잎 그늘에서 지느러미를 쉬고 있던 참에, 안타깝게도 인간의 사냥감이 되어 아시아 여러 나라의 온갖 시장에서 수치스러운 살갗을 드러내게 된 것입니다.

귀공자여, 부디 저를 가엾게 여기시어 한시라도 빨리 제 몸을 드넓고 자유로운 바다에 풀어 주십시오. 설령 제가 아무리 신통력을 가졌다 한들 답답한 항아리 안에 갇혀 있으면 어찌할 도리가 없답니다. 저의 목숨과 미모는 차츰차츰 시들어 가기만 할 것입니다. 당신이 진정으로 인어의 마법을 보고 싶으시다면, 부디 저를 그리운 고향으로 돌려보내 주세요."

"네가 그토록 남유럽의 바다를 그리워하는 것은 분명 너에게 연인이 있기 때문이겠지. 지중해의 파도 밑에 너와 똑같이 인어의 모습을 한 아름다운 남자가 밤낮으로 너를 애타게 기다리고 있겠지. 그렇지 않다면 네가 이렇게까지 나를 싫어할 리가 없겠지. 나의 사랑을 무정하게 뿌리치고 고향으로 돌아갈 리가 없겠지."

귀공자가 원망에 찬 말을 하는 동안, 인어는 다소곳이 눈을 감고 고개를 숙인 채 귀를 기울이고 있더니, 이윽고 나긋나긋한 두 팔을 길게 뻗으며 귀공자의 어깨를 붙잡았습니다.

"아아, 당신처럼 세상에 보기 드문 아름다운 젊은이를 어떻게 제가 싫어할 수 있을까요. 당신을 사랑하지 않을 수 있는 무정한 마음을 어떻게 제가 가질 수 있을까요. 제가 당신을 애타게 그리워한다는 증거로, 부디 제 가슴의 두근거림을 들어 보세요."

인어는 나긋이 꼬리를 하늘거리며 항아리 가장자리에 등을 갖다 대는가 싶더니, 상반신을 활처럼 휘어 뒤로 젖힌 채 물방울이 똑똑 떨어지는 긴 머리칼을 바닥을 끌며 나무에 매달린 원숭이처럼 귀공자의 목덜미를 끌어안았습니다. 그러자 신기하게도, 인어의 살갗에 닿은 귀공자의 목덜미가 마치 얼음에 닿은 것처럼 차가워지더니 순식간에 그곳이 얼어붙으며 마비가 되는 것입니다. 그를 끌어안는 인어의 힘이 강하면 강할수록 백설의 피부에 서려 있는 차가운 얼음의 기운이 귀공자의 뼛속에 스며들어 골수를 꿰뚫고 소흥주의 취기에 뜨거워진 온몸을 순식간에 무감각하게 만들어 버립니다. 그 차가움을 견디지 못한 귀공자가 아슬아슬하게 얼어 죽기 직전의 순간, 인어가 그의 손을 잡아 천천히 자신의 심장 위에 올려놓았습니다.

"저의 몸은 물고기처럼 차갑지만, 저의 심장은 인간처럼 따뜻하답니다. 이것이 제가 당신을 사랑하고 있다는 증거예요."

그녀가 이렇게 말했을 때, 귀공자의 손바닥은 금세 한 덩이의 눈 속에서 활활 타오르고 있는 불꽃 같은 뜨거움을 느꼈습니다. 정확히 인어의 왼쪽 가슴을 어루만지고 있던 그의 손끝은 늑골 아래서 뛰고 있는 심장의 활기를 받아, 하마터면 움직임을 멈출 뻔했던 온몸의 혈관에 또다시 생생한 순환을 불러일으켰습니다.

"저의 심장이 이토록 뜨겁게, 저의 정열이 이토록 격렬히 끓어오르고 있는데도, 제 살갗은 끊임없이 저주스러운 한기에 떨고 있습니다. 그리고 어쩌다 아름다운 인간의 모습을 보게 되어도 인어로 태어난 비참함으로, 숙업의 응보에 따라 그를 사랑하는 것이 영원히 금지되어 있습니다.

제가 아무리 당신을 그리워하고 동경한다고 해도, 신의 저주를 받아 바닷속 어족으로 타락해 버린 몸으로는 그저 번뇌의 불길에 미쳐 가고, 망상의 노예가 되어 몸부림치며 괴로워할 수밖에 없는 것입니다.

귀공자여, 부디 저를 대양의 집으로 돌려보내 주시어 이 애처로움과 수치스러움에서 벗어나게 해 주세요. 푸르고 차가운 바다 밑에 숨어 버리면, 저는 제 운명의 슬픔과 괴로움을 잊을 수 있겠지요. 이 소원만 들어주신다면 저는 마지막 보은으로 당신 앞에서 신통력을 보여드릴 것입니다."

"아아, 제발 너의 신통력을 보여 다오. 그 대신 내가 어떤 부탁이라도 들어주마."

얼떨결에 귀공자가 이런 말을 내뱉자, 인어는 무척이나 기쁜 듯이 두 손을 모아 몇 번이고 엎드려 절을 하면서,

"귀공자여, 그러면 저는 이제 작별을 고하려고 합니다. 제가 지금 마법을 써서 제 모습을 바꿔 버린다면, 당신은 무척이나 애석해하시겠지요. 하지만 만약 당신이 다시 한 번 인어를 보고 싶으시다면, 유럽으로 가는 기선을 타고 배가 남양의 적도 아래를 지나갈 때, 달이 환히 뜬 밤, 갑판 위에서 아무도 모르게 저를 바다에 풀어 주세요. 제가 반드시 인어로 다시 변해 파도 사이에 모습을 드러내고 당신에게 감사의 말을 전할 것입니다."

그렇게 말하고 나자, 인어의 몸은 해파리처럼 색이 옅어지더니 이윽고 얼음이 녹아 버리듯 사라지고, 두세 치쯤 되는 작은 바다뱀이 물 항아리 안에서 떠올랐다 가라앉았다 하면서 청록색의 등을 반짝이며 헤엄치고 있었습니다.

★ ★

★ ★

인어가 일러 준 대로 귀공자가 홍콩에서 영국으로 떠나는 기선에 올라탄 것은 그해 이른 봄이었습니다. 어느 날 밤, 배가 싱가포르의 항구를 떠나 적도 바로 밑을 달리고 있을 때, 갑판에서 환한 달빛을 받으며 인기척 없는 뱃전으로 다가간 귀공자는 품속에서 작은 유리병을 살며시 꺼내, 안에 들어 있는 바다뱀을 집어 올렸습니다. 뱀은 헤어짐을 안타까워하는 듯 두세 번 귀공자의 손목을 휘감았지만, 이윽고 그의 손끝을 떠나 기름처럼 고요한 바다 위를 한동안 스르르 미끄러지며 나아갔습니다. 그러고는 달빛이 부서져 내린 황금빛의 넘실대는 파도를 가르고 가느다란 비늘을 반짝이며 꿈틀대더니 어느샌가 물속으로 자취를 감춰 버렸습니다.

그러고 나서 오륙 분쯤 지났을 때였습니다. 아득히 먼 바다에서, 가장 눈부시게, 가장 날카롭게 빛을 반사하고 있는 물의 표면에, 은빛 물보라를 철벙철벙 일으키며 날치가 뛰어오르듯 몸을 나부끼는, 날렵하고 활발한 생물이 나타난 것입니다. 천상의 옥토끼가 바다로 떨어진 것일까 하는 의심이 들 정도로 교교히 빛나는 아리따운 자태에 놀란 귀공자가 그쪽

으로 뒤돌아본 순간, 인어는 어느새 온몸의 절반이 넘게 아지랑이 자욱한 파도 속에 파묻혀, 두 손을 높이 치켜들고는 “아아” 하고 한마디 애통해하는 울음소리를 내더니, 빙글빙글 소용돌이를 일으키며 물속으로 가라앉아 버렸습니다.

배는 귀공자의 가슴속에 실낱같은 희망을 실은 채, 사랑스럽고 그리운 유럽을 향해, 인어의 고향 지중해를 향해, 조금씩 조금씩 항로를 따라 나아갔습니다.

마술사

내가 그 마술사를 만난 것이 어느 나라, 어느 도시였는지, 지금은 확실히 기억나지 않습니다. —— 왠지 그것은 일본의 도쿄 같기도 하고, 어떤 때는 남양이나 남미의 식민지였던 것 같기도 하고, 또 어떤 때는 중국이나 인도 근처의 어느 선착장이었던 것 같기도 합니다. 어찌 됐든 그것은 문명의 중심지라 할 만한 유럽에서 멀리 떨어진, 지구 어느 한쪽 구석에 자리하고 있는 나라의 도시였고, 또한 더없이 풍요로운 어느 시가지의 몹시도 북적거리는 밤거리였습니다. 하지만 당신이 그 장소의 성격이나 풍경, 분위기에 대해서 좀 더 명료한 관념을

얻고 싶다면, 그럭저럭 아사쿠사 공원 6구*와 비슷한, 그보다는 조금 더 신비롭고 조금 더 난잡한, 그리고 조금 더 퇴락한 공원이었다고 간단히 말해 둘까요.

만약 당신이 아사쿠사 공원과 비슷하다는 이야기를 듣고도 거기서 어떤 아름다움도 어떤 그리움도 느끼지 못하고, 오히려 불쾌하고 더러운 땅을 떠올린다면, 그것은 '미(美)'에 대한 당신의 사고방식이 나와는 완전히 다르기 때문일 것입니다. 나는 물론 12층탑** 아래에 살고 있는 한 무리의 "venal nymph"***를 가리켜 아름답다고 말하는 것은 아닙니다. 내가 말하는 것은 그 공원 전체의 공기입니다. 암흑의 동굴을 이면에 감추고 있으면서도, 앞쪽으로 나가면 언제나 밝고 즐거운 얼굴로, 호기심 어린 대담한 눈동자를 반짝이며, 밤이면 밤마다 짙은 화장을 자랑하고 있는 공원 전체의 정취를 말하는 것입니다. 선도 악도, 아름다움도 추함도, 웃음도 눈물도 전부 다 녹여서 눈부시게 아름다운 빛을 발하고, 찬란한 색으로 가득한, 위대한 공원의 바다와도 같은 장관을 말

---

* 1883년 도쿄 아사쿠사 남서쪽에 지어진 공원. 연극, 영화, 오페라 상설관 등이 생기면서 도쿄 최대의 환락가로 크게 번성했다.

** 아사쿠사 6구 공원 내의 탑. 당시 일본에서 가장 높은 건물로, 1923년 간토 대지진 때 붕괴되었다.

*** 돈으로 살 수 있는 요정.

하는 것입니다. 그리고 내가 지금 이야기하려고 하는 어느 나라의 어느 공원은 위대함과 혼탁함이라는 점에서 그 아사쿠사 공원보다 더한층 아사쿠사 공원 같은 분위기를 띤, 괴이하고 살벌한 지역이었던 것으로 기억합니다.

아사쿠사의 공원을 참기 힘들 만큼 역겹고 속악한 장소라고 느끼는 사람에게 그 나라의 공원을 보여 준다면 과연 뭐라고 말할까요. 그곳에는 속악보다 더한 야만과 불결과 궤패(潰敗)가, 도랑의 하수가 고여 있는 것처럼 퇴적하여, 낮에는 열대의 환한 햇살 아래에, 그리고 밤에는 휘황찬란한 등불 빛에, 부끄러워하는 기색도 없이 낱낱이 드러난 채, 끊임없이 푹푹 찌는 악취를 발효시키고 있었습니다. 하지만 중국요리 피단*의 맛을 이해하는 사람은 암녹색으로 삭아 뭉개진 오리알이 풍기는, 속이 메슥거릴 것 같은 이상한 냄새를 헤집으면서 그 안에 감춰진, 숨 막힐 듯이 농후한 맛에 침을 삼킵니다. 내가 처음 그 공원에 갔을 때도 바로 그것과 똑같은, 뭔지 모를 으스스한 흥미로움에 사로잡힌 것입니다.

아마도 초여름 저녁의 선선한 바람이 불어올 때쯤이었을까요. 나는 그 도시의 어느 카페에서 연인을 만나 즐거운 시

* 오리알을 석회, 진흙, 쌀겨와 섞어 삭혀 만든 음식.

간을 보내고 나서, 서로 팔짱을 끼고 전차와 자동차, 인력거가 번잡하게 오가는 거리를 정답게 산책하고 있는 중이었습니다.

"저기, 오늘 밤 공원에 가 보지 않을래요?"

그녀가 크고 요염한 눈동자를 동그랗게 뜨면서 느닷없이 내 귓전에 그렇게 속삭인 것입니다.

"공원? 공원에 뭐가 있길래?"

나는 조금 놀라며 물었습니다. 왜냐하면 나는 지금까지 그 도시에 그런 공원이 있다는 것을 알지도 못했을 뿐 아니라, 그때 그녀의 말에는 어쩐지 수상쩍은 낌새가 감추어져 있어, 이를테면 비밀스러운 못된 짓이라도 부추기려는 것 같이 들렸기 때문입니다.

"그거야 당신이 그 공원을 아주 좋아하니까요. 난 처음에는 그 공원이 아주 무서웠어요. 결혼도 안 한 여자가 그런 공원에 발을 들인다는 건 치욕이라고 생각했죠. 그런데 당신을 사랑하게 된 후로 나도 모르는 사이에 당신에게 감화를 받아, 그런 장소에 말할 수 없이 흥미를 느끼기 시작했어요. 당신을 만나지 못할 때도 그 공원에 놀러 가면 마치 당신을 만나고 있는 듯한 기분이 들기 시작했어요. …… 당신이 아름다운 것처럼 그 공원이 아름다운 거예요. 당신이 색다른 것처럼 그 공원이 색다른 거예요. 설마 당신, 그 공원을 모르는 건 아니겠죠?"

"아아, 알지, 알고말고."

나는 얼떨결에 대답했습니다. 그리고 이렇게 말했습니다.

"…… 거기엔 확실히 온갖 진기한 구경거리가 있었지. 온 세상의 기적이라는 기적은 전부 다 모여 있었어. 그곳엔 고대 로마에나 있을 법한 원형 극장도 있을 거야. 또 스페인의 투우도 있겠지. 그것보다 더 기발하고 더 화려한 Hippodrome(히포드롬)*도 있을지 몰라. 그리고 내가 정말로 좋아하는, 귀엽고 사랑스러운 당신보다도 더 좋아하는 활동사진도 있을 테지. 또 온 세상 사람들의 호기심을 불러일으킨 《Fantômas(팡토마스)》**나 《Protea(프로테아)》***보다 더 소름 끼칠 것 같은 수많은 영화들이 한낮의 환영처럼 생생하게 상영되고 있을 거야."

"난 얼마 전에 거기 있는 활동사진관에서 당신이 평소 탐독하는 오래전의 시인 예술가가 쓴 유명한 시편이나 희곡을 영화로 만든 걸 몇 편이나 보았어요. 호메로스의 《일리아드》

* 고대 로마 시대에 전차 경주 등이 열린 원형 경기장.

** 1911년에 출간되어 큰 대중적 인기를 끈 프랑스의 범죄 추리소설을 영화로 만든 것이다.

*** 1913년에 프랑스에서 제작된 범죄 영화. 같은 해 아사쿠사 공원 6구의 영화관에서도 상영되었다.

나 단테의 지옥을 그린 영화 같은 건 당신도 아마 알고 있겠죠. 하지만 당신은 중국 소설 《서유기》에 나오는 서량여국의 아름다운 악마의 요염한 미소를 본 적이 있나요? 아니면 미국의 포가 쓴, 공포와 광란과 신비로움이 정치(精緻)한 실로 짜인 듯한 기묘한 몇몇 이야기가 필름 위에 펼쳐지며 눈앞에서 벌어지는 섬뜩함을 일찍이 상상해 본 적이 있나요? 〈The Black Cat(검은 고양이)〉의 전율할 듯한 지하실의 광경이나 〈The Pit and the Pendulum(구덩이와 추)〉의 암울한 감옥의 모습이 소설보다도 더 으스스하게, 실제보다도 더 선명하게, 더 강하고 환하게 비치고 있는 순간의 기분을 느껴 보라고요.

게다가 그런 환등극(幻燈劇)을 말없이 꼼짝 않고 구경하는 수백 명의 관객들은 하나같이 악몽에 가위라도 눌린 것처럼 식은땀을 뻘뻘 흘리는데, 여자는 남자 팔에 매달리고 남자는 여자 어깨에 달라붙어 이를 악물고 부르르 떨면서도, 겁에 질린 흥분한 눈동자를 끈질기게 영화 위로 쏟아붓고 있는 거예요. 그들은 이따금 열에 들뜬 병자처럼 희미한 한숨을 내쉬기만 할 뿐, 기침 한 번 눈 한 번 깜빡하려는 사람도 없어요. 그럴 틈도 없을 만큼 그들의 영혼은 경이로움으로 충만해 있고, 그들의 몸은 경직되어 있는 거예요. 어쩌다 너무도 적나라한 나머지 더는 참을 수가 없어 얼굴을 돌리고 도망치려

는 사람이 있으면, 깜깜한 관객석 어디에선가 광기 어린 요란한 박수 소리가 터져 나오는 거예요. 그러면 박수 소리는 순식간에 온 사방으로 퍼지고, 내심 도망치려고 엉거주춤하고 있던 무리까지 한데 어울려 극장 건물이 뒤흔들릴 듯한 굉장한 소리가 한동안 장내에 울려 퍼지는 거예요. ……"

그녀가 말하는 도발적이고 교묘한 하나하나의 묘사는, 넓은 하늘의 무지개처럼 섬세하고 명료한 환영을 내 가슴속에 불러일으켜, 나는 이야기를 듣고 있다기보다 오히려 영화를 보고 있는 것처럼 눈이 부시다는 느낌이 들었습니다. 또한 동시에 나는 그 공원에 지금까지 몇 번이나 가 본 적이 있는 것 같은 기분이 들었습니다. 적어도 그녀가 구경했다고 하는 그 여러 가지 환등은 내 마음속의 벽면에, 망상도 사진도 아니면서 이따금 몽롱하게 떠올라, 자꾸만 나의 눈길을 사로잡았습니다.

"그런데 아마 그 공원에는 더 예리하게 우리의 영혼을 위협하고, 더 새롭게 우리의 관능을 유혹하는 것이 있겠지. ——색다른 걸 좋아하는 내가 꿈에도 생각해 본 적 없는 전대미문의 구경거리가 있을 거야. 그게 뭔지 난 모르지만, 당신은 분명 알고 있겠지."

"그래요. 난 알고 있어요. 그건 바로 요즘 공원 연못가에 가설극장을 세운 젊고 아름다운 마술사예요" 하고 그녀가 바로 대답했습니다.

"난 종종 그 극장 앞을 지나간 적은 있지만 아직 한 번도 안으로 들어가 본 적은 없어요. 그 마술사의 자태와 얼굴이 너무도 눈부시고 아름다워, 연인이 있는 사람은 가까이하지 않는 편이 안전하다고 거리의 사람들이 말하는 거예요. 그 사람이 보여 주는 마법은 미심쩍다기보다는 요염하고, 신비롭다기보다는 두렵고, 정교하다기보다는 간악한 요술이라고 많은 사람들이 수군거리고 있어요. 하지만 극장 입구의 차가운 철문을 지나, 한번 마술을 보고 온 사람은 어김없이 중독에 빠져 밤마다 찾아가게 되는 거예요. 왜 그토록 보고 싶은 건지, 자신도 알지 못해요. 분명 그들의 영혼까지 마술에 걸려 버리는 거라고 난 짐작하고 있어요. —— 그런데 당신, 설마 그 마술사를 두려워하는 건 아니겠죠? 인간보다 요괴를 좋아하고, 현실보다 환상 속에 살아가는 당신이 평판 좋은 공원의 마술을 보러 가지 않을 리가 없겠죠. 설령 그 어떤 신랄한 저주나 주술을 건다 해도 연인인 당신과 함께 보러 간다면, 난 절대로 유혹에 사로잡힐 리는 없어요. ……"

"유혹을 당한다면 유혹에 사로잡히는 것도 좋지 않을까. 그 마술사가 그토록 아름다운 남자라면."

나는 이렇게 말하며 봄의 들판에서 지저귀는 종달새처럼 쾌활한 목소리로 껄껄 웃었습니다. 하지만 그다음 순간, 불현

듯 가슴속에 솟구친 희미한 불안과 가벼운 질투를 이기지 못하고, 말투는 금세 거칠어지고 말았습니다.

"그럼 지금 당장 공원으로 가 볼까? 우리의 영혼이 마법에 걸리는지 아닌지, 당신과 함께 그 남자를 시험해 보는 거야."

우리 두 사람은 어느새 도시 한가운데에 있는 큰길의 커다란 분수대 근처를 헤매고 있었습니다. 분수 주변에는 우윳빛의 대리석 돌담이 왕관처럼 원형을 이루고 있고, 한 간(間)마다 서 있는 여신상들의 발치에서 졸졸 흘러나오는 샘물은 하늘의 별을 향해 끊임없이 솟구쳐 올라, 아크등 불빛 속에서 무지개가 되고 운무가 되어, 밤공기 속에서 주르륵주르륵 흐느껴 울고 있는 것입니다.

그런데 어느 울창한 가로수 그늘 밑 벤치에 앉아 잠시 거리의 인파를 바라보고 있던 나는 곧바로 그곳의 혼잡함 속에 이상한 현상이 일어나고 있는 것을 발견했습니다. 사방에서 사거리의 분수를 향해 모여드는 네 개의 도로는 하나같이 저녁녘 느긋한 산책을 즐기는 무리로 북적이고 있었는데, 그들 대부분이 너도나도 똑같은 방향을 향해 느릿느릿 슬렁슬렁 흘러가는 것입니다. 동서남북의 도로 중에, 남쪽 길을 제외한 나머지 세 개의 길을 걷는 사람들은 일단 사거리 광장에서 전부 한데 모이더니, 또다시 더 농밀한 무리를 지어, 새까맣고 두터운 대열을 이루며 남쪽 입구로 꿈틀꿈틀 밀면서 나아갑니다. 그리고 이제 막 분수 옆 벤치에 앉아 쉬고 있는 우리 두 사람은, 말하자면 큰 강 한가운데에 가만히 떠 있는 섬처럼 그저 조용히 뒤처져 남게 되는 것이었습니다.

"저것 봐요. 저렇게 많은 사람들이 공원으로 빨려 들어가잖아요. 자, 우리도 어서 가요."

그녀는 이렇게 말하고 부드럽게 내 등을 감싸 안으며 일어섰습니다. 우리 두 사람은 아무리 떠밀려도 떨어지지 않도록 쇠사슬처럼 단단히 서로의 팔짱을 낀 채 인파 속으로 섞여 들어갔습니다.

한참을 나는 그저 무수한 인간 구름 속을 마지못해 나아갔습니다. 앞쪽을 보니, 공원이 의외로 가까운 곳에 있는지, 찬란한 일루미네이션의 파랑, 빨강, 노랑, 보라색 빛줄기가, 사람들 머리 위에 눌어붙을 만큼 낮은 공중에서 담담히 빛나고 있습니다. 도로 양옆에는 유곽인지 요릿집인지 알 수 없는 삼층, 사층의 누각들이 줄지어 서 있는데, 화려한 초롱이 산호 구슬을 꿰어 놓은 것처럼 매달린 발코니 위를 올려다보니, 술에 취해 정신이 없는 남녀가 광란의 극치를 보이며 야수처럼 날뛰고 있었습니다. 그들 중 어떤 이는 거리의 군중을 내려다보며 온갖 욕설을 퍼붓고, 농담을 던지고, 드물게는 침까지 뱉기도 합니다. 체면을 잊고 수치심마저 잊은 채 날뛰며 난장을 치다가 끝내는 곤약처럼 흐물흐물해진 남자와, 아수

라처럼 머리칼이 헝클어진 여자가 발코니 난간에서 사람들 머리 위로 거꾸로 떨어지는 것입니다. 그러면 순식간에 구경꾼들에게 얼굴이 엉망진창으로 긁히고 옷은 갈기갈기 찢겨, 어떤 자는 비명을 지르고 어떤 자는 숨이 끊어져 시체 같은 몰골로, 물에 떠다니는 해초 찌꺼기처럼 어디까지고 실려 가는 것입니다. 나는 내 앞에 떨어진 한 남자가 몸이 거꾸로 뒤집혀 정강이를 말뚝처럼 위로 치뻗은 채, 끝도 없이 흘러가는 것을 보고 있었습니다. 그 남자의 다리는 사방팔방에서 나타나는 무뢰한의 손에 의해, 처음에는 구두가 벗겨지고 다음에는 바지가 갈가리 찢기더니 끝내는 양말까지 벗겨진 채 두들겨 맞고 꼬집히고 있었습니다. 또 술살이 찐 여자 하나는 조반니 세간티니의《음락(淫樂)의 응보(The Punishment of Lust)》라는 그림 속의 인물 같은 몰골로 헹가래질을 당하며 "으샤! 으샤!" 소리와 함께 실려 가는 모습도 보았습니다.

"이 거리의 사람들은 다들 미쳐 버린 것 같군. 대체 오늘이 무슨 축제날이기라도 한 건가?" 하고 나는 연인을 보며 말했습니다.

"아뇨, 오늘뿐만이 아니에요. 이 공원에 오는 사람들은 일 년 내내 이렇게 난장판을 벌여요. 늘 이렇게 취해 있어요. 이 길을 걷고 있는 인간들 중에 제정신을 가진 사람은 당신과

나뿐이에요."

그녀는 변함없이 단아하고 진지한 말투로 살며시 나에게 말했습니다. 그 어떤 소란스러운 거리로 들어간다 해도, 그 어떤 어려운 지경에 처한다 해도, 얄미울 정도의 타고난 침착함과 순결한 정열을 잃지 않는 그녀는 악마의 무리에 둘러싸인 단 한 명의 여신처럼 맑고 고귀하게 내 눈에 비쳤습니다. 그녀의 맑디맑은 눈동자를 보고 있으면, 나는 휘몰아치는 폭풍우 속에서 영롱히 맑은, 거울 같은 가을 하늘을 떠올리지 않을 수 없었습니다.

우리 둘은 인파에 이리 밀리고 저리 밀리며 한 자의 땅을 한 치씩 나아가는 바람에, 바로 코앞에 있는 공원 입구에 다다르기까지 한 시간도 더 걸린 것 같았습니다. 그곳에도 사람들은 빽빽이 들어차 있어, 마치 거대한 지네가 기어가듯 밀려 들어간 사람들은 문 안의 광장에 이르자, 이윽고 삼삼오오 무리 지어 저마다 원하는 방향으로 흩어집니다. 공원이라고 해도 시야가 닿는 곳에는 언덕도 숲도 보이지 않고, 인공의 극치를 이룬 기괴한 형태의 웅장한 건물이 요정 나라의 도시처럼 기와지붕을 이으며 수백만 개의 촛불을 밝힌 채 우뚝 솟아 있습니다. 광장 한복판에 멍하니 선 채 그 장관을 둘러본 나는 무엇보다 먼저 하늘 가운데서 빛나고 있는 'Grand Circus'라고 하는 광고의 일루미네이션에 넋이 나가 버렸습니

다. 그것은 지름이 몇십 길인지도 모를 만큼 어마어마하게 거대한 관람차 같은 모양으로, 바퀴 축이 있는 자리에 '그랜드 서커스'라는 글자가 쓰여 있습니다. 그리고 수십 개의 바퀴살을 온통 뒤덮은 전구가 반짝이는 빛줄기를 쏘면서, 마치 거대한 꽃 삿갓을 허공에 펼쳐 놓은 것처럼 천천히 웅대하게 원을 그리며 회전을 계속하고 있습니다. 게다가 더더욱 놀라운 것은 맨 살갗이나 다름없는 몸에 얇은 비단을 걸친 곡예단의 남녀 수백 명이 활활 타오르는 불기둥을 타고 올라가, 수레바퀴의 회전을 따라 위쪽 바퀴살에서 아래쪽 바퀴살로 차례차례 쉴 새 없이 날아서 건너뛰는 모습이었습니다. 멀리서 그 모습을 바라보니, 온 수레바퀴에 대롱대롱 매달린 인간들이 불티가 흩날리듯, 천사가 춤을 추듯, 옷자락을 하늘하늘 나부끼며 환한 밤하늘을 높이 날아오르고 있는 것이었습니다.

내 주의를 끈 것은 이 수레뿐만이 아니어서, 나는 공원 전체를 거의 뒤덮고 있는 이 기괴하고, 익살스럽고, 요염한 것들이 만들어 낸 빛의 세공품들이, 영원히 사라지지 않는 불꽃처럼 꿈틀꿈틀, 번쩍번쩍, 구불구불 움직이고 있는 것을 알아차렸습니다. 만약 저 하늘의 풍경을 스미다 강의 불꽃놀이를 즐기는 도쿄 사람들이나 다이몬지 산의 불놀이를 진귀하게 여기는 교토 사람들에게 보여 준다면 얼마나 놀라워할까요. 내가 그때 잠깐 둘러본 것만 해도 지금까지 잊히지 않을 만큼 대담한 무늬와 정교한 선이 헤아릴 수도 없이 많습니다. 빗대어 말하자면, 그것은 인간보다 더한 신통력을 가진 악마가 있어, 하늘의 휘장에 제멋대로 낙서를 갈겨 놓은 것이라고도 형용할 수 있겠지요. 또는 최후의 심판의 날, Doom's Day가 다가왔다는 소식에, 태양이 웃고 달이 울고 혜성이 미쳐 날뛰며, 온갖 잡다한 변광성(變光星)이 종횡무진하며 하늘의 끝자락을 흔들고 있는 것과도 비슷하겠지요.

우리가 서 있는 광장은 정확히 반원형을 그리고 있고, 그 원주의 호 위에서 일곱 개의 길이 부챗살처럼 팔방으로 뻗어 있습니다. 일곱 개의 길 중에서 가장 넓고 멋진 것은 한가운데에 있는 큰길이었습니다. 몇십 채인지 몇백 채인지도 모를 공원의 공연 시설들 중에 유독 인기를 끌고 있는 가설극장은 대부분 그곳에 모여 있는 모양으로, 때로는 엄숙하고 때로는 위태롭고 때로는 엉뚱하고 때로는 균형 잡힌, 별의별 양식의 건축물이 성채처럼 처마를 나란히 하며 들쑥날쑥 이어져 있습니다. 일본의 금각사 풍으로 지은 가람(伽藍)이 있는가 하면, 사라센 양식의 높은 누각도 있고, 피사의 사탑을 살짝 더 기울여 놓은 별스러운 망루가 있는가 하면, 술잔 모양으로 위로 갈수록 불룩해지는 무시무시한 전당도 있고, 집 전체를 사람의 얼굴 모양으로 본뜬 건물과, 휴지 조각처럼 구겨진 지붕과, 문어발처럼 구불구불한 기둥은, 물결치거나, 소용돌이

치거나, 활처럼 휘어지거나, 뒤로 젖혀지는 등 천차만별의 형태를 가지고 놀며 땅바닥에 엎드려 있기도 하고 하늘로 솟아 있기도 합니다.

"저기……."

그때, 나의 사랑스러운 연인이 이렇게 말을 걸며 살며시 내 소맷자락을 잡아당겼습니다.

"뭐가 그리 신기해서 그렇게 넋을 잃고 쳐다보고 있어요? 이 공원에는 종종 와 봤잖아요?"

"그럼, 여기 몇 번이나 왔지."

그렇게 말하지 않으면 창피를 당할 것만 같은 기분에 나는 당황하여 고개를 끄덕였습니다.

"…… 그런데 몇 번이나 와도 나는 넋을 잃지 않을 수가 없군. 그만큼 난 이 공원이 좋아."

"아이참" 하고 그녀는 천진한 미소를 지으며 "마술사가 있는 극장은 저기예요. 자, 어서 가 봐요" 하고 왼손을 들어 큰길의 끝을 가리켰습니다.

광장에서 큰길로 들어가는 입구에는, 가마쿠라에 있는 대불(大佛)상만큼이나 거대한 시뻘건 괴물의 머리가 우리 쪽을 노려보고 있었습니다. 괴물의 눈에는 에메랄드빛의 진녹색 등불 빛이 번쩍번쩍 타오르고 있고, 입은 톱니 같은 이빨을 드러내며 웃고 있었습니다. 그리고 그 이빨이 나 있는 위턱과

아래턱 사이는 하나의 아치 모양을 이루고 있어, 수많은 사람들이 그 사이를 지나가는 것입니다. 그렇지 않아도 공원 전체가 용광로처럼 훤한데, 큰길은 한층 더 밝아, 한줄기 불길이 괴물의 입에서 이글이글 뿜어져 나오고 있습니다. 연인이 다그치는 바람에 그 불길 속으로 뛰어 들어갔을 때, 나는 온몸이 타들어 가는 듯한 기분이 들었습니다.

양쪽으로 즐비한 가설극장은 가까이 가서 보니 더 과장되고 더 살풍경하고 더 기상천외한 것이었습니다. 너무나도 황당무계한 장면을 화려한 그림물감으로 거리낌 없이 그린 활동사진의 간판이며, 건물마다 독특한, 뭐라 말할 수 없는 불쾌한 색으로 닥치는 대로 강렬하게 칠한 페인트 냄새며, 호객을 하려고 쓰는 깃발, 장대, 인형, 악대, 가장행렬의 혼란과 방탕, 그런 것들을 하나하나 상세히 기술한다면 아마 독자들은 두려움에 눈을 감아 버릴지도 모릅니다. 내가 그것을 보았을 때의 느낌을 한마디로 말한다면, 묘령의 여자 얼굴이 종기로 곪아 터진 듯한, 아름다움과 추함이 기발하게 어우러진 것이라고 할 것입니다. 똑바른 것, 둥근 것, 평평한 것, 그렇게 올바른 형태를 가진 온갖 물체들을 오목거울이나 볼록거울에 비춰 보는 것 같은 그런 불규칙함과 우스꽝스러움과 메스꺼움이 한데 뒤섞여 있는 것입니다. 솔직하게 말하면 나는 그곳을 걷고 있는 동안, 끝을 알 수 없는 공포와 불안을 느껴 몇 번이나 발길을 돌리려고 했을 정도입니다. 만약 그녀와 함께 있지 않았더라면 나는 정말로 도중에 도망쳐 버렸을지도 모릅니다. 내가 내심 겁을 먹으면 먹을수록 그녀는 점점 더 경쾌하게 아이처럼 천진한 발걸음으로 씩씩하게 나아가는 것이었습니다. 내가 무언가를 두려워하며 겁에 질린 눈빛으로 호소하듯 그녀의 모습을 살피면, 그녀는 그때마다 재미있다는 듯한, 순진한 미소를 지으며 생글생글 웃어 보입니다.

"당신처럼 순진하고 온화한 아가씨가 이 무시무시한 거리의 풍경을 어떻게 아무렇지도 않게 보고 있을 수 있는 거지?"

나는 몇 번이고 그녀에게 물어보려고 머뭇거렸습니다. 하지만 내가 실제로 이런 질문을 한다면 그녀는 뭐라고 대답했을까요. "내가 아무렇지 않게 있을 수 있는 건 당신에게서 감화를 받았기 때문이에요" 라고 말할까요? "내게는 당신이라는 연인이 있기 때문이에요. 사랑의 암흑 길로 들어선 사람은 두려움도 부끄러움도 없답니다" 라고 말할까요? —— 그렇습니다. 그녀는 분명 그렇게 대답을 했겠지요. 그녀는 그토록 열렬히 나를 믿고, 그토록 순수하게 나를 사랑하고 있는 것입니다. 양처럼 순하고 눈처럼 깨끗한 그녀가 이 공원을 즐긴다는 것은 분명 나를 사랑하고 있다는 증거입니다. 나의 취미를 자신의 취미로 여기고, 나의 취향을 자신의 취향으로 삼으려고 애쓴 결과인 것입니다. 세상 사람들은 그녀가 나 때문에 타락했다고 말할지도 모릅니다. 하지만 그녀의 기호나 취향이 아무리 악마에 가까워졌다 하더라도, 그녀의 마음, 그녀의 심장은 여전히 인간다운 온정과 품위를 잃지 않았던 것입니다.

그렇게 생각하니, 나는 그녀에게 감사하지 않을 수 없었습니다. 나 같은, 세상에 아무 바라는 것도 없이 그저 아름다운 꿈을 안고 여러 나라를 떠돌며 울적하고 쓸쓸하게 살아가는 인간이, 고귀한 아가씨의 영혼을 정복했다고 생각하니, 너무도 과분한 마음이 들었습니다.

"난 도저히 당신 같은 고귀한 여자의 연인이 될 자격이 없어. 당신은 나와 함께 이런 공원에 놀러 오기에는 너무나 기품 있고, 너무나 올바른 인간이야. 당신에게 충고하지. 당신을 위해 우리의 인연을 끊는 편이 훨씬 더 행복할지도 몰라. 나는 당신이 이런 곳에 아무렇지도 않게 발을 디딜 만큼 대담한 여자가 되었다고 생각하니, 왠지 나 자신의 죄가 두렵게 느껴져."

나는 느닷없이 이렇게 말하며 그녀의 두 손을 붙잡은 채, 길 위에 멈춰 서 버렸습니다. 하지만 그녀는 여전히 아무렇지 않게 생긋 웃고 있을 뿐입니다. 자신의 몸이 얼마나 꺼림칙한 멸망의 심연으로 향하고 있는지 알아차리지 못하는 어린아이처럼, 명랑한 눈을 뜨고 시원스러운 눈썹을 보이는 것입니다. 나는 비슷한 의미의 말을 세 번 네 번 되풀이했습니다.

"난 각오하고 있어요. 이제 와서 새삼 당신이 말하지 않아도 잘 알고 있어요. 당신과 함께 이렇게 이 거리를 걷고 있는 지금의 내가 얼마나 즐겁고 얼마나 행복한지 모를 거예요. 당신이 날 가엽게 여긴다면 부디 나를 영원히 버리지 말아 주세요. 내가 당신을 의심하지 않는 것처럼, 당신도 나를 의심하지 말아 주세요."

그녀는 변함없이 즐거운 작은 새처럼 명랑한 목소리로 대수롭지 않다는 듯이 이렇게 말했습니다. 그리고 또다시 나를 부추겨 그 마술사가 있는 극장 앞에 다다랐을 때는 나를 북돋우려는 듯 몇 번이고 이런 말로 다짐을 했습니다.

"자, 이제부터 우리는 시험해 보려고 들어가는 거예요. 우리의 사랑과 마술사의 주술 중 어느 쪽이 더 강한지 시험해 봐요. 난 조금도 두렵지 않아요. 난 나 자신을 굳게, 굳게 믿고 있으니까요."

그토록 절실하고 아름다운 그녀의 진심을 보는데, 설령 내가 아무리 비열하고 뿌리까지 썩은 인간일지라도 어떻게 감격하지 않을 수 있을까요.

"조금 전의 그 말은 내가 나빴어. 당신 같이 맑은 여자가 나 같이 불결한 남자와 맺어지게 된 것은 어쩌면 운명 때문이겠지. 우리 두 사람의 몸과 영혼은 이미 태어나기 전부터 눈에 보이지 않는 숙연(宿緣)의 사슬로 이어져 있었을 거야. 당신은 맑은 여자인 채로, 나는 불결한 남자인 채로, 우리 두 사람은 영원히 서로 사랑해야 할 불운의 지배를 받고 있는 거야. —— 마술사는 말할 것도 없고, 그 어떤 이상한, 그 어떤 끔찍한 지옥이라도 난 당신을 데리고 갈 거야. 당신도 두렵지 않다는데 내가 두려워할 게 뭐가 있겠어."

나는 그렇게 말하고 그녀 앞에 무릎을 꿇고는 성스러운 흰 옷의 옷자락에 긴 입맞춤을 했습니다.

마술사의 가설극장이 있는 곳은 그녀의 말대로 번화한 거리의 끝자락에 있는 호젓한 한 구역이었습니다. 들끓듯이 왁자지껄 소란스러운 거리에서 갑자기 어둠침침하고 음침한 곳으로 들어선 나는 신경이 차분히 가라앉기보다는 오히려 더 으스스한 분위기에 휩싸여, 예측할 수 없는 재앙이 기다리고 있는 것만 같은 의심이 짙어지는 것 같았습니다.

나는 그때까지 이 공원에는 어떠한 자연적 풍치가 —— 나무라든가 숲이라든가 물 같은 것이 하나도 없다는 것이 이상하다는 생각이 들었는데, 이 구역에 들어서니 그제야 비로소 그런 것들이 얼마쯤은 이용되어 있는 것을 알았습니다. 하지만 물론 그곳에 이용된 자연적 요소는 결코 자연의 풍치를 재현하기 위해 배치된 것이 아니라, 오히려 어디까지나 인공을 거들어 그 뒤틀린 기교의 효과를 보완하기 위한 재료로

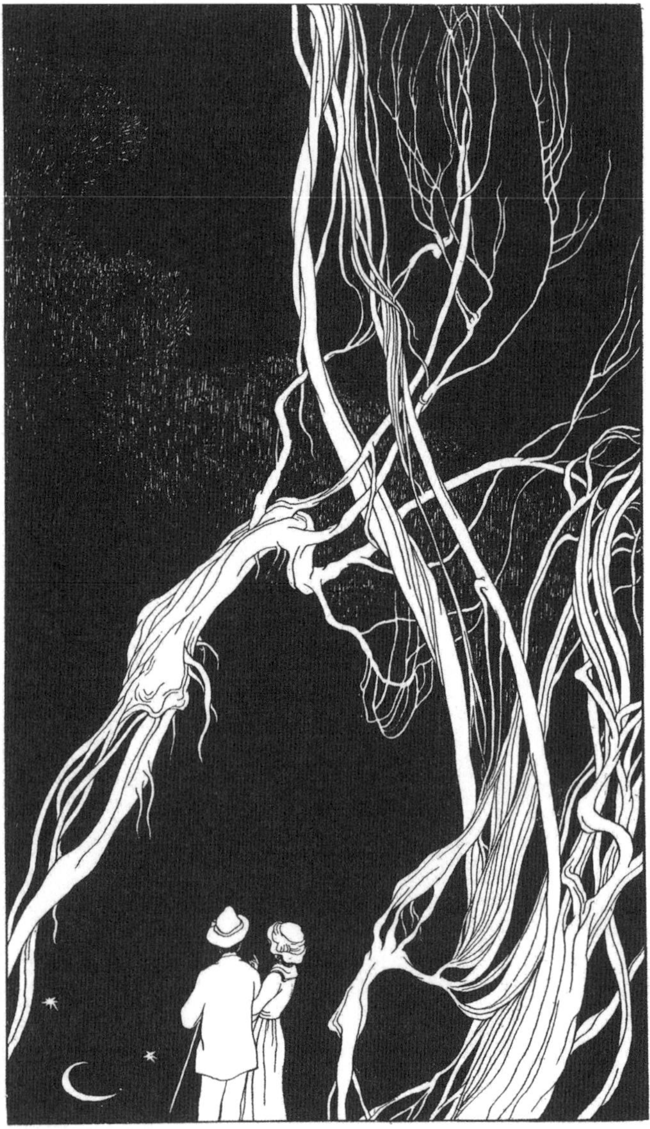

들여온 것이었습니다. 이렇게 말하면 어떤 독자는 〈아른하임의 영토(The Domain of Arnheim)〉라든지 〈랜더의 시골집(Landor's Cottage)〉 같은 포의 소설 속에 그려진 원예 기술을 상상할지도 모르지만, 내가 말하는 인공적인 자연은 그런 것보다는 좀 더 잔재주를 부린, 좀 더 자연과 동떨어진 풍경 같은 것이었습니다. 다시 말해, 나무나 풀이나 물 같은 것을 아치나 간판, 전등 따위와 똑같이, 즉 어떤 건물을 만드는 도구의 일종으로 취급하고 있는 것입니다. 그곳에 있는 것은 축소된 자연, 또는 고쳐서 바로잡은 자연이 아니라 산수의 모양을 본뜬 건축물이라고 하는 편이 적당할지도 모르겠습니다. 나무나 숲이 식물다운 발랄한 생기를 잃고, 정교하게 만들어진 모조품처럼 주문에 딱 맞게 맞추어진 선들로 가득 채워져, 정원이라기보다 연극의 무대 장치에 가깝다는 느낌을 불러일으킵니다. 즉, 물감칠을 하는 대신에 나뭇잎을 사용하고, 파도 무늬의 무대 장막 대신에 물을 사용하고, 종이로 만든 언덕 대신에 진짜 언덕을 사용했다는 것뿐입니다.

그 자연을 하나의 무대 장치로서 평가한다면 분명 끔찍하고 유별난 장면이어서, 도저히 자연의 풍치 같은 것에는 견주기 어려운 무언가를 품고 있었습니다. 그곳에서는 나뭇가지 하나, 돌 한 덩이까지도 우울한 암시를 품거나 심원한 관념을 드러내듯 배치되어 있어, 우리는 그것이 나무나 돌이라는 것을 잊어버릴 만큼 소름 끼치는 귀기를 느끼는 것입니다. 독자들은 아마 뵈클린이 그린 《죽음의 섬(Island of the Dead)》이라는 그림을 알고 계시겠지요. 내가 지금 설명하고 있는 장면은 그 그림과 비슷한 효과를 더 차갑게, 더 어둡게, 더 적막한 물상(物象)으로 표현한 것이었습니다. 가장 먼저, 내 신경을 극단적으로 위협한 것은, 어느 한 구역을 병풍처럼 둘러싼 채 쭉쭉 뻗으며 무리 지어 있는 검은 포플러 숲입니다. 그것이 숲이라는 것을 내가 알아차릴 때까지는 꽤 시간이 걸렸습니다. 왜냐하면 멀리서 바라보면 그것은 도무지 숲이라고는 생각할 수 없을 만큼 불가사의한 모습을 하고 있기 때문입니다. 예를 들면, 마치 감옥의 담벼락처럼, 위도 없고 아래도 없이, 그저 새까맣고 평평한 벽이 우물 안의 벽처럼 둥글게 이어지며 하늘 높이 솟아올라 있는 것입니다. 그런데 좀 더 자세히 바라보니, 이 구불구불하게 이어진 성벽 모양의 원은 두 마리의 거대한 박쥐가 좌우에서 따로따로 암울한 날개를 펼친 채 서로의 손을 맞붙잡고 있는 모습을 하고 있었습니다. 주의 깊게 보면 볼수록, 박쥐의 눈이나 귀, 손이나 발, 날개와 날개 사이의 빈틈 등이 명료한 윤곽을 띠고, 장지문에 비치는 그림자처럼 선명하게 하늘과 땅 사이를 가로막고 있는 것입니다. 그렇기 때문에 이 정교한 실루엣이 무엇으로 만들어졌는지 내가 판단하기 힘들었던 것도 무리는 아니었습니다. 처음에는 숲으로 보이다가, 그다음에는 벽으로 보이고, 그다음에는 박쥐로 보이기 시작한 이 몬스터가, 사실은 잎이 무성한 백양나무의 밀림을 대단히 큰 규모로, 대단히 정묘한 기술을 써서 괴물의 모습을 본뜬 것이라는 걸 알았을 때, 나는 더더욱 경이와 찬탄을 금할 수 없었습니다.

"당신은 누가 이 숲을 설계했는지 모를 거예요. 바로 그 마술사가 만든 거예요. 얼마 전에 자신이 직접 정원사를 시켜 큰 나무를 계속 들여오더니 잠깐 사이에 심은 거예요. 일을 맡은 많은 인부들 중에 이 숲이 어떤 모습으로 완성될지 짐작한 사람은 아무도 없었어요. 그들은 그저 마술사가 명령하는 대로, 한 그루 한 그루 나무를 심었을 뿐이었죠. 그리고 마침내 숲이 완성되었을 때, 마술사는 유쾌하게 웃으며 '숲이여, 숲이여, 너는 박쥐의 모습이 되어 인간들을 위협하라' 라고 외치고는 마법 지팡이를 휘두르며 땅을 세 번 두드렸어요. 그러자 순식간에 그곳에 있던 인부들은 지금까지 자신들이 열심히 만든 백양나무 숲이 우연히도 괴조(怪鳥)의 그림자를 닮은 걸 알아차린 거예요. 그 후로 마술사의 평판은 이 숲의 소문과 함께 온 거리로 퍼져 갔어요. 어떤 사람 말로는, 실제로 숲이 괴조의 모양을 하고 있는 것이 아니라, 보는 사람이 그런 환각을 일으키는 거라고 해요. 하지만 어쨌든 마술사가 있는 극장에 가려고 이곳을 지나가는 사람은 하나같이 이 그림자의 위협에 간담이 서늘해질 수밖에 없어요. 숲이 마법에 걸린 건지, 보는 사람이 걸린 건지, 그 비밀을 알고 있는 건 오로지 마술사 본인뿐이에요."

이렇게 말하는 그녀의 이야기를 듣는 동안에도 나는 찬찬히 근처 일대의 풍경을 응시하며 세세히 살펴보았습니다. 마법의 숲은 —— 이것은 그 도시의 사람들이 붙인 이름입니다. —— 그저 형태가 요괴를 닮았을 뿐 아니라, 공중의 어느 한 지점에서 짙은 색 장막을 높게 둘러치고, 그 안쪽 구역을 공원 전체의 화려한 색채로부터 적절히 차단하여, 어둠과 저주로 가득한 황량한 정경을 만들어 내는 데 매우 중요한 역할을 하고 있었습니다. 숲으로 에워싸인 곳은 그 넓이가 아마 시노바즈 연못* 정도는 되었을 것입니다. 그리고 그 대부분에는, 시커멓게 썩은 물이 흐릿하게 고여 있는 질퍽질퍽한 늪이, 얼음처럼 차가운 빛을 바닥에서부터 뿌리며 온 숲에 퍼져 있는 것 같았습니다. 마법의 숲에서 나 자신의 시각에 의심이 든 나는, 너무나 고요한 수면 때문에 그 늪에 진짜 물이 고여 있는 건지 아니면 유리가 깔려 있는 건지 잠시 판단을 내리기가 어려웠습니다. 실제로 유리라고 해도 믿을 수 있을 만큼 그 물은 단단하고, 움직이지도 흐르지도 않은 채 한곳에

* 도쿄의 우에노 공원 안에 있는 둘레 약 2km의 천연 연못.

굳어 있어, 시험 삼아 돌을 던져 보면 탁탁 소리를 내며 튕겨 나올 것만 같았습니다. 고요한 '죽음'처럼 쓸쓸하고도 엄숙한 이 늪 한가운데쯤에는 섬이라고도 배라고도 하기 어려운 언덕 같은 것이 떠 있고, 'The Kingdom of Magic'이라고 희미하게 쓰여 있는 한 점의 파란 불빛이 깜깜한 밤을 늘 비춰 주는 별처럼 뾰족한 꼭대기 끝에서 반짝이고 있습니다.

이 '언덕 같은 것'이 무엇인지는 조금 더 자세히 설명할 필요가 있는데, 그것은 어쩌면 지옥도에 그려진 바늘 산과 매우 흡사한, 뾰족하게 솟은 암석 덩어리입니다. 창처럼 뾰족한 삼각형의 바위가 겹겹이 쌓여 있고, 풀도 나무도 집도 없이 묵묵히 엉겨 붙어 있습니다. 단지 그것뿐, '마술의 왕국'이라는 간판은 있지만, 그 왕국이 어디에 있는지조차 확실히 알 수 없습니다.

"저기예요. …… 저기가 극장 입구예요."

그렇게 그녀가 가리킨 쪽을 보니, 과연 간판 근처에 바위들 사이에 끼어 있는 작고 옹색한 철문 같은 것이 있었습니다. 그리고 한 줄기 가늘고 위태위태해 보이는 가설 다리가 우리가 서 있는 늪 근처에서 그 문 앞까지 놓여 있는 것입니다.

"그런데 저 문은 굳게 닫혀 있는 것 같은데? 구경꾼이 드나드는 것 같지도 않고, 사람 목소리 같은 것도 전혀 들리지 않잖아. 그래도 마술 공연을 하고 있는 건가?"

내가 혼잣말처럼 말하자, 그녀는 곧바로 고개를 끄덕였습니다.

"그래요. 지금쯤 아마 마술을 막 시작한 참일 거예요. 이 마술사는 평범한 마술사와 달리 연기 중간에 음악을 넣거나 박수를 청하거나 하지 않는다고 해요. 그만큼 마술이 심각하면서 날렵하다는 거예요. 구경하는 관객들도 하나같이 마른침을 삼키며 거의 온몸에 물을 끼얹은 듯한 기분으로 이따금 몰래 한숨만 내쉰다고 해요. 저렇게 조용한 걸 보니 지금 한창 연기하고 있는 게 틀림없어요."

이렇게 말하는 그녀의 목소리는 억누를 길 없는 공포 때문인지, 아니면 묘한 흥분 때문인지, 여느 때와 달리 갈라지고 떨리는 것 같았습니다.

우리 둘은 그길로 말없이 섬으로 통하는 다리를 건너기 시작했습니다.

문으로 들어가 겨우 대여섯 걸음 나아갔을 때, 지금까지 끔찍한 암흑의 세계에 익숙해져 있던 내 눈동자는 갑자기 온통 펼쳐진 눈부신 광선에 움츠러들며, 마치 도려내는 듯한 아픔을 느꼈습니다. 겉모습은 단단히 뭉쳐진 흙덩어리 같아 보였던 이 마술의 왕국은 뜻밖에도 금으로 된 벽으로 찬란한 대극장의 내부를 갖추고 있고, 기둥이며 천장에는 빈틈없이 꾸며진 장엄한 장식물이 환한 전등 불빛을 받아, 눈이 번쩍 뜨일 만큼 빛나고 있는 것입니다. 그리고 장내의 모든 좌석은 아래층도 이층도 삼층도 빽빽이 들어차 꼼짝달싹할 수도 없을 만큼 사람들로 가득했습니다. 관객 중에는 중국인, 인도인, 유럽인 등 별의별 옷차림을 한 모든 인종이 망라되어 있었지만, 왜 그런지 일본인 같은 차림새를 한 사람은 우리 말고는 한 명도 보이지 않았습니다. 그리고 특등석에는 이 도시의 상류 사회, 말하자면 이런 공원 따위에 쉽게 발을 들일 리가 없는 화려한 신사나 귀부인 무리가 나란히 앉아 있었습니다. 그 부인들 중 한 사람은 유서 깊은 신분이 소문이라도 날까 봐 걱정스러웠는지, 회교도 여인처럼 복면을 하고 사람들의 그림자 속에서 어깨를 옴츠리고 있었지만, 그러면서도 무대 위로 향한 두 눈동자에는 비밀을 이기지 못하는 두려움과 정욕의 빛깔이 선명히 드러나 있었습니다. 신사들 중에는 이 나라의 거물 정치가나 실업가, 예술가, 종교가, 난봉꾼 등 여러 방면에서 이름이 알려진 사람들이 섞여 있었습니다. 나는 그들 대부분의 얼굴을 예전에 몇 번이나 사진으로 본 적이 있는 것 같았습니다. 그들 중 어떤 이는 나폴레옹을 닮았고, 또 어떤 이는 비스마르크를 닮았고, 또 어떤 이는 단테 같았고, 어떤 이는 바이런 같은 윤곽을 지니고 있었습니다. 그곳에는 네로도, 소크라테스도 있었겠지요. 괴테도, 돈 후안도 있었을 것입니다. 나는 그들이 왜 이런 마의 왕국에 와 있는지 그 이유를 바로 이해할 수는 없었습니다. 성인이든 폭군이든 시인이든 학자든, 역시 모든 사람은 '신비로움'이라는 것에 끌리는 마음을 갖고 있는 것입니다. 그들은 아마 연구를 위해, 경험을 위해, 포교를 위해 그곳에 왔다고 말하겠지요. 어쩌면 그들은 스스로도 그렇게 믿고 있을 것입니다. 하지만 내게 말해 보라고 한다면, 그들의 영혼 저 밑바닥에는, 정도의 차이는 있을지라도, 내가 느끼는 것과 비슷한 아름다움을 느끼고, 내가 꿈꾸는 것과 비슷한 꿈을 꾸는 소질이 잠재되어 있는 것입니다. 그들이 단지 나와 다른 것이 있다면 나처럼 그것을 의식하지도 긍정하지도 않는다는 것입니다. —— 나는 이런 생각이 이렇다 할 이유도 없이 들었습니다.

나와 그녀는 중국인의 변발과 흑인의 터번과 여성의 보닛 모자 등이 홍련과 백련이 물결치듯 뒤섞여 있는 아래층 관객석으로 들어가 겨우겨우 자리 두 개를 잡았습니다. 무대와 우리 사이에는 적어도 대여섯 줄의 의자가 나란히 놓여 있고, 그 대부분에는 산뜻한 초여름의 옷을 차려입은 유럽의 젊은 여자들이 적당히 살이 붙은 깨끗한 목덜미를 나란히 하고 백조처럼 무리 지어 앉아 있었습니다. 내 시선은 그 여자들의 겹겹이 겹친 어깨를 뛰어넘어, 그 너머에 있는 무대 위로 쏠렸습니다.

무대의 배경에는 검은 장막이 전면으로 드리워져 있고, 중

앙의 한 층 높은 계단 위에는 멋지고 근사한 옥좌 같은 것이 마련되어 있었습니다. 이것이 말하자면 '마술의 킹덤'의 왕이 앉는 자리이겠지요. 거기에는, 살아 있는 뱀의 관을 머리에 쓰고 로마 시대의 토가를 몸에 두르고 황금 샌들을 신은 아주 젊은 마술사가 반듯하게 앉아 있습니다. 단 아래의 옥좌 양옆에는 남녀 조수가 세 명씩 노예처럼 꿇어앉아, 발바닥을 관객 쪽으로 향한 채 몹시도 비천하게 머리를 조아리고 있습니다. 무대 장치와 인물은 단지 그것뿐, 무척이나 간단했습니다.

나는 겉옷 호주머니를 뒤져, 들어올 때 받은 프로그램을 펼쳐 보니, 거기에는 대략 이삼십 종의 마술 연기가 적혀 있었는데, 하나같이 전대미문의 경천동지할 마술 같다는 생각이 들었습니다. 내 호기심을 무엇보다 크게 부채질한 스물세 번째의 마술을 예로 들면, 메스머리즘*이라는 것이 있습니다. 자잘한 글씨로 적혀 있는 설명에 따르면, 장내의 관객 전체에게 최면을 거는 것으로, 극장 안의 모든 사람이 마술사가 암시를 주는 그대로 착각을 일으킨다는 것입니다. 이를테면 마술사가 "지금은 오전 다섯 시

* 최면술. 18세기 오스트리아의 의사 프란츠 안톤 메스머가 행한 최면 기법이다.

다" 라고 말하면 사람들은 상쾌한 아침 햇살을 보게 되고, 자신들의 회중시계가 어느새 다섯 시를 가리키고 있는 것을 알아차립니다. 또는 "여기는 들판이다" 라고 하면 그곳이 들판으로 보이고, "바다다" 라고 하면 바다로 보이고, "비가 온다" 라고 하면 온몸이 흠뻑 젖기 시작하는 것입니다.

또 다른 무시무시한 것은 '시간의 단축'이라는 요술입니다. 마술사가 식물의 씨앗을 하나 집어서 흙 속에 심고 천천히 주문을 걸면, 그것이 십 분 만에 싹을 틔우고 줄기를 뻗고 꽃을 피워 열매를 맺는 것입니다. 게다가 식물의 씨앗은 어디서건 관객이 원하는 것을 가져오도록 바랄 뿐 아니라, 구름 너머 아득히 치솟은 줄기로도 또는 울창하게 하늘을 뒤덮는 무성한 잎으로도, 반드시 십 분 만에 자라게 하는 것입니다.

또 그것과 비슷하면서 더더욱 섬뜩한 것은 '신비로운 임신'이라는 제목의 마술이었습니다. 이것도 역시 주문의 힘으로 십 분 만에 한 명의 여성이 임신을 하고 아이를 낳게 되는 것이라고 합니다. 이 마법의 대상이 되는 여성은 대부분 '왕국'의 노예이지만, 혹시 관객 중에 원하는 여성이 있다면 더 감사할 것이라고 쓰여 있습니다. 이런 예를 보기만 해도 독자는 이 마술사가 여느 평범한 마술사와 얼마나 다른 종류의 사람이라는 것을 이해할 수 있겠지요.

하지만 대단히 유감스럽게도 내가 입장했을 때는 이미 프로그램의 대부분이 끝나고, 겨우 마지막 하나를 남겨 놓은 참이었습니다. 우리가 자리에 앉고 얼마쯤 있으니, 옥좌에 앉아 있던 그 마술사가 천천히 일어나 무대 앞쪽으로 걸어 나오더니, 어린아이처럼 얼굴을 붉히며 사랑스럽고 수줍음이 담긴 나지막한 목소리로 지금부터 펼쳐 보일 마법을 설명하기 시작했습니다.

"…… 자, 그럼 오늘 밤의 마지막 연기로 저는 이 자리에서 가장 흥미롭고 가장 불가사의한 환술을 여러분들께 소개하려고 합니다. 이 환술은 임시로 '변신술'이라는 이름이 붙어 있는데, 말하자면 제 주문의 힘으로 임의의 인간의 육체를 그 자리에서 임의의 다른 물체 —— 새든 벌레든 짐승이든 혹은 다른 어떤 무생물, 예를 들면 물이나 술 같은 액체든 뭐든 여러분이 원하시는 대로 바꿔 버리는 것입니다. 또는 온몸이 아니더라도, 머리라든가 발이라든가 어깨라든가 엉덩이라든가, 어느 한 부분만으로 한정하여 변신시킬 수도 있습니다……."

나는 마술사가 차근차근 이어가는 말보다도, 오히려 그의 요염하고 아름다운 얼굴과 나긋나긋한 자태에 마음을 빼앗겨, 내내 넋을 놓은 채 뚫어지게 쳐다보고 있을 수밖에 없었습니다. 비범한 외모를 지녔다는 소문은 전부터 듣고 있었지만, 그렇다고 해도 소문만으로 예상했던 그의 얼굴은 실제의 윤곽과 비교해 보니 그 아름다움의 정도에 눈에 띄는 차이가 있다는 것을 알아차렸습니다. 그중에서도 내게 가장 뜻밖이었던 것은 젊디젊은 남자라고만 생각했던 그 마술사가 남자인지 여자인지 전혀 구별이 가지 않는다는 것이었습니다. 여자에게 물어보면, 그를 절세의 미남이라고 하겠지요. 하지만 남자에게 물어보면, 어쩌면 지금껏 본 적이 없는 미녀라고 할지도 모릅니다. 나는 그의 골격, 근육, 동작, 음성 등 모든 부분에서 남성적인 고아함과 지혜로움과 활발함이, 여성적인 요염함과 섬세함과 음험함 사이사이에 혼연히 융화되어 있는 것을 보았습니다. 예를 들면, 그의 풍성한 갈색 머리칼, 갸름한 얼굴의 통통한 뺨, 붉고 작은 입술, 우아하면서도 강인한 팔다리, 그것들 하나하나에도 이 미묘한 조화가 존재하고 있는 그 모습은, 그야말로 열대여섯 살 정도의, 성적 특징이 아직 충분히 발달하지 않은 소녀나 소년의 체질과 매우 흡사했습니다. 그리고 그의 외모에 관해 또 하나 신기한 것은 그가 도대체 어디서 태어난 어느 인종인가 하는 것이었습니다. 이것은 그의 피부색을 본 사람이라면 누구나 당연히 품을 수밖에 없는 의문인데, 남자인지 여자인지도 알 수 없는 그는 결코 순수 백인종도, 몽골 인종도, 흑인종도 아닙니다. 굳이 비교를 하자면, 그의 인상이나 골격은 전 세계에서 미인이 많다고 하는 코카서스 종족과 얼마쯤 비슷한 데가 있는지도 모르겠습니다. 하지만 더 적절히 형용하자면, 그의 육체는 모든 인종의 장점과 아름다움으로만 이루어진, 가장 복잡한 혼혈인이자 또한 가장 완전한 인간미의 표상이라고 할 수 있습니다. 그는 누구에게도 영원히 이국적인 매력을 지녔으며, 남자 앞에서든 여자 앞에서든 자신이 원하는 대로 성적 유혹을 시험하며 그들의 마음을 녹여 버릴 자격이 있는 것입니다.

"…… 그런데 미리 여러분께 말씀드리지만……."

마술사는 계속해서 말을 이어갔습니다.

"저는 먼저 시험 삼아 여기에 대기하고 있는 여섯 명의 노예들을 하나하나 변신시켜 보일 것입니다. 하지만 저의 요술이 얼마나 신비롭고 얼마나 기적 같은 것인지를 입증하기 위해, 부디 극장 안의 신사 숙녀 여러분이 친히 나서서 저의 마술에 걸려 주시기를 바라는 바입니다. 제가 이 공원에서 공연을 시작한 지 오늘 밤으로 두 달 남짓이 됩니다만, 그동안 매일 밤 관객 중 여러 뜻있는 분들이 늘 저를 위해 자진하여 무대로 올라와 기꺼이 마술의 희생이 되어 주셨습니다. 희생 —— 그렇습니다. 그건 분명 희생입니다. 고귀한 인간의 모습을 가졌으면서도 저의 법력에 농락당하여, 개가 되고 돼지가 되고 돌멩이가 되고 흙덩이가 되어, 수많은 사람이 지켜보는 속에서 부끄러움을 무릅쓸 용기가 없다면 이 무대 위로 오를 수 없는 것입니다. 그럼에도 불구하고 저는 매일 밤 관객석에서 훌륭한 희생자를 몇 명이나 찾을 수 있었습니다. 그중에는 귀한 신분의 귀공자나 귀부인 같은 분들도 몰래 희생자가 되어 주셨다는 소문을 들었습니다. 따라서 저는 오늘 밤도 여느 때와 마찬가지로 뜻있는 많은 분들이 속속 나와 주실 것으로 믿고, 또한 영광스럽게 생각하는 바입니다."

이렇게 말했을 때, 창백한 마술사의 얼굴에는 자못 의기양양하고 섬뜩한 미소가 떠올랐습니다. 게다가 수많은 관객들은 그의 대담한 말을 듣고, 거만한 태도를 접하면 접할수록 점점 더 그에게 영혼이 빨려들며 정복당하는 듯한 기분이 드는 것입니다.

이윽고 마술사가 그때까지 그의 옥좌 앞에서 무릎을 꿇고서 조각 군상처럼 엎드려 있던 노예들 중에 가련한 미녀 하나를 손짓으로 부르자, 그녀가 몽유병자처럼 비틀비틀 마술사 앞으로 걸어 나가더니 또다시 그곳에 엎드리며, 실이 늘어진 꼭두각시 인형처럼 고개를 푹 떨구었습니다.

"너는 내 노예 중에서 누구보다도 내 마음에 드는 사랑스러운 여자다. 앞으로 오륙 년 네가 참아 주기만 한다면, 나는 너를 반드시 훌륭한 마술사로 만들어 주겠다. 인간은 물론, 신도 악마도 따라올 수 없는 세계 제일의 마법사로 만들어 줄 것이다. 너는 분명 나의 신하가 된 것을 행복하게 여기고 있을 테지. 인간계의 여왕이 되기보다 마의 왕국의 노예가 되는 편이 훨씬 행복하다는 것을 깨달았겠지."

마술사는 바닥에 드리워진 그녀의 긴 머리칼을 발로 짓밟고는 몸을 뒤로 젖힌 채 똑바로 서서 엄숙하게,

"자, 이제부터 나는 늘 하던 대로 변신술을 부릴 텐데, 너는 오늘 밤 무엇이 되고 싶으냐? 나는 네가 알다시피 매우 자비심이 깊은 왕이다. 뭐든 네가 바라는 대로 해 줄 테니, 원하는 것을 말해 보아라."

하며 마치 기쁜 은총이라도 내리는 듯한 투로 말하는 것이었습니다.

그러자, 마치 석고처럼 굳어 있던 여인의 온몸이 갑자기 전류를 감지하기라도 한 듯 꿈틀꿈틀하는가 싶더니, 얼음이 녹은 강물처럼 그녀의 입술도 움직이기 시작하며 말하는 것입니다.

"아아, 왕이시여, 황송하옵니다. 저는 오늘 밤 아름다운 공작이 되어, 왕의 옥좌 위에서 원을 그리며 날아다니고 싶습니다."

그러면서 마치 바라문의 행자가 기도하듯 두 손을 하늘 높이 치켜들고 합장하는 것입니다.

마술사는 흐뭇하게 고개를 끄덕이며 곧바로 입속으로 주문을 중얼거리기 시작했습니다. 십 분이라고 했지만 그녀의 몸통이 공작의 깃털로 완전히 뒤덮여 버리기까지는 채 오 분

도 걸리지 않았을 것입니다. 그리고 나머지 오 분 동안은 어깨 위로 남아 있는 인간의 모습이 서서히 공작의 머리로 변해 가는 것이었습니다. 이 남은 오 분이 시작될 때, 아직 앳된 여자의 얼굴을 가진 공작은 너무나 기쁜 듯한 눈을 들어 미소를 짓더니, 그러고는 넋이 나간 채 눈을 감고 눈썹을 찡그리면서 서서히 애달픈 새의 머리로 변해 갔는데, 그 모습은 모든 과정 중에서 가장 시적인 광경처럼 느껴졌습니다. 그리하여 십 분이 끝나갈 즈음, 한 마리의 공작으로 변해 버린 여인은 상쾌한 날갯짓 소리를 내며 훨훨 날아올라 관객석의 천장을 두세 바퀴 돌다가 옥좌 곁으로 돌아가더니, 곧바로 한 송이 아름다운 구름이 땅 위로 떨어지듯 계단 한가운데에 조용히 내려앉아, 비단 부채를 쫙 펴듯이 꼬리 깃털을 활짝 펼쳤습니다.

그러고 나서 나머지 다섯 명의 노예들도 차례차례 마왕 앞으로 불려 나가 한 명 한 명 잇달아 요술에 걸리는 것입니다. 세 명의 남자 노예 중 한 사람은 표범 가죽이 되어 옥좌 위의 깔개가 되고 싶다고 했습니다. 나머지 두 사람은 순은으로 된 촛대가 되어 계단의 양옆을 밝히고 싶다고 했습니다. 마지막으로 여자 노예 두 명은 두 마리의 아름다운 나비로 변해 가벼운 몸으로 왕의 곁을 늘 따라다니고 싶다고 했습니다. 그리고 그들 다섯 명의 소원은 그 자리에서 바로 이루어졌습니다.

이러한 전대미문의 여러 묘기를 눈앞에서 지켜본 극장의 관객들은 두려움에 떤 나머지, 소리를 죽이고 자신의 눈을 의심하며 망연자실할 뿐이었습니다. 특히 첫 번째 남자 노예가 마술사의 지팡이를 맞고는 전병처럼 얇아지다가 끝내는 아름다운 표범 가죽으로 변하려는 찰나의 그 고통스러운 신음 소리를 듣는 순간, 나는 내 앞에 앉아 있던 여자 하나가 온몸을 부르르 떨며 얼굴을 가린 채 함께 온 남자 품으로 달려드는 것을 보았습니다.

"어떻습니까, 여러분, …… 누구 희생자가 되어 주실 분은 없습니까?"

마술사는 조금 전보다 더한층 보란 듯이 우쭐해하면서, 주변을 날아다니는 나비 두 마리를 좇아 버리고는 무대 위를 왔다 갔다 하는 것입니다.

"…… 여러분은 마의 왕국의 포로가 되는 것이 그토록 두려우십니까? 인간의 위엄이나 형태라는 것에 그 정도로 집착할 가치가 있다고 생각하십니까? 여러분은 저를 위해 모습이 변해 버린 노예들의 처지가 딱하고 가련하다고 생각하시는지도 모르겠군요. 하지만 그들의 겉모습이 나비며 공작이며 표범 가죽이며 촛대로 변했다 해도, 그들은 지금도 인간의 정서와 감각을 잃지 않았습니다. 또한 그들의 가슴속에는 여러분들이 꿈에도 알 수 없는 무한의 쾌락과 환희가 넘쳐흐르고

있는 것입니다. 그들이 얼마나 행복을 느끼고 있는지, 그것은 저의 마술을 한번 시험해 본 분이라면 대충 아시리라 생각합니다……."

마술사가 그렇게 말하며 장내를 쭉 둘러보자, 사람들은 그와 눈이 마주쳐 최면술에 걸릴까 봐 두려운지, 일제히 어깨를 움츠리며 무릎 위에 푹 엎드려 버렸습니다. 그때 홀연히, 사각사각 옷자락이 스치는 소리와 함께 아래층 한쪽 구석에서 무대 쪽으로 걸어가는 여자의 희미한 구두 소리가 깊은 침묵의 바닥을 깨면서 들려왔습니다.

"…… 마술사여, 그대는 분명 저를 기억하고 있겠지요. 저는 그대의 마술보다 그대의 미모에 미혹되어 어제도 오늘도 구경하러 왔습니다. 그대가 저를 희생자 중의 하나로 삼아 준다면, 그것으로 저는 제 사랑이 이루어진 것이라 여기고 그만 단념하겠어요. 부디 저를 그대의 발이 신고 있는 금빛 샌들로 변하게 해 주세요."

그 목소리에 이끌려 쭈뼛쭈뼛 고개를 든 나는 조금 전 특등석에 앉아 있던 복면을 쓴 여성이 순교자처럼 몸을 숙인 채 마술사 앞에 엎드려 있는 것을 보았습니다.

마술사의 매력에 홀려 비틀비틀 무대 위로 올라간 남녀는 복면을 쓴 그 여성 뒤로 수십 명이 더 있었습니다. 그러고 나서, 꼭 스무 번째의 희생자가 되겠다며, 꿈결처럼 자리에서 일어선 사람은 이렇게 말하는 나 자신이었습니다.

그때, 나의 연인은 내 소맷자락을 단단히 붙잡고 눈물을 흘리며 말했습니다.

"아아, 당신은 결국 마술사에게 지고 말았군요. 내가 당신을 사랑하는 마음은 저 마술사의 미모에도 홀리지 않았는데, 당신은 저 사람에게 유혹당하여 나를 잊어버렸군요. 그리고 나를 버리고 저 마술사를 따르려 하고 있어요. 당신은 어쩌면 이토록 지조가 없고 무정한 사람인가요?"

"나는 당신이 말하는 대로 지조가 없는 인간이야. 저 마술사의 미모에 빠져 당신을 잊어버린 거야. 당신 말대로 나는 그에게 진 것이 틀림없어. 하지만 나에게는 이기느냐 지느냐 하는 것보다 더 중요한 문제가 있어."

그렇게 말하는 동안에도 나의 영혼은 자석에게 빨려드는 쇳조각처럼 마술사 쪽으로 끌려가고 있는 것이었습니다.

"마술사여, 나는 반인반양(半人半羊)의 판(Pan)이 되고 싶소. 판이 되어 마술사인 그대의 옥좌 앞에서 미친 듯이 춤을 추고 싶소. 부디 내 소원을 들어주어 나를 그대의 노예로 삼아 주시오."

나는 무대 위로 뛰어 올라가 잠꼬대를 하듯 내뱉었습니다.

"좋아, 좋아. 당신의 소원은 그야말로 당신에게 딱 맞는군. 당신은 처음부터 인간 따위로 태어날 필요가 없었던 거야."

마술사가 깔깔 웃으며 마법 지팡이로 내 등을 한 번 내리치자, 순식간에 내 두 다리에는 뒤엉켜 붙은 양털이 자라나고 머리에는 두 개의 뿔이 생겼습니다. 그와 동시에 나의 가슴속에는 인간다운 양심의 고뇌가 모조리 사라지고, 태양처럼 환하고 바다처럼 드넓은 기쁨의 감정이 콸콸 솟구쳐 올랐습니다. 잠깐 동안 나는 기뻐서 어쩔 줄을 모르며 무대 위를 정신없이 뛰어다녔지만, 나의 환희는 곧바로 전 연인의 방해를 받게 되었습니다.

내 뒤를 쫓아 황급히 무대 위로 올라온 그녀가 마술사를 향해 이렇게 말한 것입니다.

"난 당신의 미모나 마법에 홀려 여기 온 것이 아니에요. 나는 내 연인을 되찾기 위해서 왔어요. 저 끔찍한 반인반양으로 변한 남자를 부디 당장 인간으로 되돌려 주세요. 만약에 되돌려 줄 수 없다면, 차라리 나를 저 사람과 똑같은 모습으로 만들어 주세요. 설령 저 사람이 나를 버린다 해도, 나는 영원히 저 사람을 버릴 수 없어요. 저 사람이 반인반양의 신이 된다면 나도 반인반양의 신이 되겠어요. 나는 어디까지고 저 사람이 가는 곳으로 끝까지 따라갈 거예요."

"좋아, 그렇다면 당신도 반인반양의 몸으로 만들어 주지."

마술사의 그 한마디 말과 함께 그녀는 순식간에 추하고 저주스러운 반짐승의 몸으로 변해 버렸습니다. 그리고 나를 향

해 곧장 달려오더니 느닷없이 자기 머리의 뿔을 내 뿔에 단단히 끼워 박아, 두 개의 머리는 아무리 날뛰어도 떨어지지 않게 되고 말았습니다.

옮긴이의 말

다니자키 준이치로는 1886년 도쿄에서 태어나 1965년 생이 다할 때까지 끊임없이 자신만의 예술을 추구하며 작품 활동을 한 일본 탐미주의의 대표적 작가입니다. 1910년 스물다섯 살에 단편 〈문신〉으로 화려하게 등단한 이후, 〈소년〉, 〈열쇠〉, 〈기린〉 등의 단편 소설, 《슌킨 이야기》, 《만(卍)》, 《세설》, 《치인의 사랑》, 《미친 노인의 사랑》 등의 장편 소설을 비롯해 희곡, 평론, 번역 등 여러 분야에서 지칠 줄 모르는 창작욕과 예술에 대한 열망으로 수많은 작품을 발표했습니다.

〈인어의 비탄〉과 〈마술사〉는 1917년 각각 잡지 《주오코론》과 《신소설》에 발표된 단편으로 다니자키가 서른두 살에 쓴 비교적 초기 작품입니다. 〈인어의 비탄〉은 같은 해 화가 혼마 구니오의 그림과 함께 단행본으로 출간되었지만 삽화 문제로 판매 금지 처분을 받게 되었습니다. 그리고 2년 후인 1919년 슌요도에서 〈마술사〉와 함께 묶어 미즈시마 니오의 삽화로 새로 출간한 단편집이 《인어의 비탄·마술사》(이하 《인어의 비탄》)입니다.

화려하고 환상적인 분위기의 〈인어의 비탄〉, 기괴하고 퇴폐적인 분위기의 〈마술사〉는 아름다움을 향한 다니자키의 한없는 동경이 과감하고 환상적으로 그려진 단편입니다. 아름다움을 위해 자신의 전부를 포기하고 기꺼이 파멸해 가는 작품 속의 두 인물에게서 청년 다니자키의 흥분과 고뇌가 느껴지는 듯한 작품입니다. 물론 작품 자체만으로도 무척 흥미로웠지만, 제가 이 책을 출간하려고 마음먹은 것은 책 속에 실린 미즈시마의 그림 때문이기도 했습니다.

언젠가 도쿄에서 열린 《묘한 그림》이라는 전시회에 관한 기사를 보다가 흑백의 인어 그림 몇 점이 제 눈길을 끌었습니다. 다니자키의 단편 〈인어의 비탄〉에 실린 그림이라는 것을 알고 바로 작품을 찾아서 읽었습니다. 스토리 자체가 흥미로운 작품은 아니지만 화려하고 환상적인 다니자키의 문장들은 금세 이야기 속으로 빠져들게 합니다. 그리고 미즈시마의 그림은 그런 다니자키의 문장을 더한층 선명한 이미지로 다가오게 해, 그림만 보았을 때와는 또 다른 느낌을 주었습니다. 백 년 전의 작품이지만 일본에도 몇몇 출판사에서 초판 형태로 복간이 되어 있어 이 기회에 국내에도 초판 삽화와 함께 소개해 보고 싶었습니다.

문학과 미술은 오래전부터 떼려야 뗄 수 없는 관계였습니다. 이 번역서를 출간하게 된 계기도 그림인 만큼 이 작품의 삽화에 관한 이야기를 잠깐 들려 드리려고 합니다.

이 작품집이 발표되었을 무렵의 일본은 대중문화가 번성하고 책과 잡지 등 출판물이 성행하던 다이쇼 시대 초기로, 문학계에서는 그때까지 일본 문단을 주도해 오던 자연주의에 대한 반발로 다양한 사조의 문학 작품이 등장하던 때였습니다. 그 무렵 문단에 큰 관심을 불러일으킨 작가 중 하나가 영국의 탐미주의 작가 오스카 와일드로, 아쿠타가와 류노스케, 아리시마 다케오 등 여러 일본 작가들에게 영향을 미쳤습니다. 특히 다니자키는 학창 시절에 와일드의 작품에 심취해 와일드의 번안 소설과 번역서를 내기도 했습니다.

《인어의 비탄》이 출간되었을 때 와일드의 희곡《살로메》와 비견되기도 했는데, 책 속의 삽화 때문이기도 했습니다.

와일드의《살로메》는 1909년 모리 오가이의 번역으로 처음 일본에 소개된 이후로 여러 번역본이 나왔고, 1913년에는 도쿄에서 상연되기도 했습니다. 삽화를 그린 오브리 비어즐리 역시 그 무렵 일본 예술계에 큰 영향을 준 화가로, 잡지에서 특집으로 다루어지기도 했습니다.《인어의 비탄》에도《살로메》의 삽화가 언급되는 장면이 나오는데, 다니자키에게도 강한 인상을 주었던 것 같습니다.

《살로메》의 삽화를 염두에 두었는지는 알 수 없지만, 《인어의 비탄》 속 삽화는 다니자키가 미즈시마 니오에게 직접 요청하여 그려진 그림입니다. 미즈시마는 도쿄미술학교에서 일본화를 전공한 화가로, 소설이나 희곡을 쓰는 작가이기도 했습니다. 1913년부터 오사카 아사히신문에 연재소설 삽화를 그리기 시작했는데, 아사히 신문과 잡지 등에 인어 삽화가 실리기도 했습니다. 아래의 인어 그림은 1915년 아사히 신문에 실린 그림으로, 4년 후에 그려진 《인어의 비탄》 속 인어와 조금 비슷한 느낌이 들기도 합니다. 그 후로도 그는 다니자키의 몇몇 소설에 삽화를 그렸습니다.

1915년 오사카 아사히 신문에
실린 미즈시마의 그림

어쨌든 그렇게 탄생한 그림은 그 당시 소설 삽화와는 꽤 다른 느낌입니다. 메이지 시대까지만 해도 삽화는 전통적인 우키요에 기법의 그림이 많아 서양화 화가들의 그림은 대중의 반응을 얻지 못했지만, 메이지 시대가 끝나갈 무렵부터 서서히 서양화 화가들의 삽화가 인기를 끌게 되었습니다. 그런 속에서 미즈시마의 그림과 함께 새롭게 출간된《인어의 비탄》은 와일드의《살로메》와 비견되며 화제를 불러일으켰습니다. 실제로 작가 아쿠타가와 류노스케는 "고금 이래로 이 책에 비견될 만한 것은 비어즐리가 삽화를 그린 와일드의 뛰어난 작품을 빼고는 하나도 없다" 라고 하기도 했습니다.

삽화를 하나의 독립적인 예술 작품으로 보기보다 소설을 읽을 때 잠깐 즐기는 부수적인 것으로 생각하기도 했던 제가 우연히 접한 오래된 삽화에 끌려 그 그림이 실린 책을 찾아 읽고, 이렇게 번역서까지 내게 되었으니 개인적으로 의미 깊고 즐거운 경험이었습니다.

다니자키가 문장으로만 표현한, 실재하지 않는 환상 속의 세계를 미즈시마는 자신만의 이미지로 그려 냈습니다. 책을 읽는 독자 여러분들도 저마다 자신만의 상상 속 세계를 그리며 작품을 감상해 보는 것도 하나의 즐거운 독서 경험이 될 것 같습니다.

옮긴이 박성민

도쿄외국어대학교 대학원에서 일본어학을 전공하고 통번역사로 일했다. 번역서로《봄은 깊어》,《꽃을 묻다》,《심호흡의 필요》,《세상은 아름답다고》,《나쓰메 소세키 - 인생의 이야기》,《다자이 오사무 - 내 마음의 문장들》,《어느 바보의 일생》등이 있다.

인어의 비탄 · 마술사

2023년 4월 20일 초판 찍음

지은이 다니자키 준이치로
펴낸곳 시와서 출판
펴낸이 송승현

출판등록 2016. 12. 6.
주소 경기도 파주시 책향기로 183, 1507-506
전화 070-8200-1604
이메일 siwaseo@gmail.com
블로그 blog.naver.com/siwaseo
인스타그램 www.instagram.com/siwaseo

ISBN 979-11-91783-06-3